の
赤い糸
唇を薄く開けば、待ちかまえていた舌が滑り込んできて、きつくからめとられた。

約《やく》束《そく》の赤《あか》い糸《いと》

真《ま》先《さき》ゆみ

ILLUSTRATION：陵《みささぎ》 クミコ

約束の赤い糸

LYNX ROMANCE

CONTENTS

007　約束の赤い糸
221　約束を重ねる
234　あとがき

約束の赤い糸

半分はデートのつもりだから、気楽に構えていてくれてかまわない。関係者と挨拶《あいさつ》をするときだけ仕事の顔をしていればいい。

そう言われて訪れた待ち合わせの場所は、都心の豪華なホテルの一階にあるカフェ。

年明け最初の週末は、昨日よりも冷え込みが和《やわ》らいだせいもあってか、明るい表情の客でにぎわっていた。

約束の時間よりもずいぶんと早く到着してしまった都築朔也《つづきさくや》は、そんな店内の様子や優美な生け花のディスプレイを眺《なが》めて過ごしてみる。

デザイン会社で働き始めて三年。正社員としての勤務はようやく一年だが、暇《ひま》さえあれば物や空間を観察してしまうのは、もはや職業病だ。

けれどもそれはいつものように長く続かず、すぐに気もそぞろになるのは、場の雰囲気に気後《きおく》れしているせいだろうか。

買ったばかりで慣れないスーツを着た自分が周囲から浮いている気がして落ち着かない。冷める間もなくコーヒーを飲み干してしまうと手持ち無沙汰《ぶさた》になり、腕時計を何度も確認してしまう。

カフェに新たな客が入ってくるたびに顔を上げ、待ち人ではなかったとさり気なく視線を逸《そ》らすのをくり返していると、ようやく待っていた姿が現れて、ほっと息をついた。

約束の相手の室生朋良《むろうともよし》は、店内を見渡すとすぐに朔也に気づいて、穏やかな笑みを浮かべた。

朔也より十歳年上の三十三歳。

職場の上司だが、恋人でもある男だ。

落ち着いた足取りで朔也のいるテーブルまでやって来て、向かいの席に座った室生は、上司ではなく恋人の顔をしていた。

「もう来てたのか。早いな」

「遅れないようにと思ったら、つい早めに出てしまって」

そう返す朔也の全身をじっくりと眺めては、瞳を柔《やわ》らかく細める。

「スーツ、その色にして正解だったな。きみによく似合っている」

臆面《おくめん》もなく褒《ほ》められて、朔也はうっすらと頬を赤らめた。

こんなときに、室生は言葉を惜しまない。つき合い始めて一年と八ヵ月ほどになるが、慣れて扱いがおざなりになることもない。

むしろ釣《つ》った魚にはまめに餌を与えて楽しむタイプのようだった。

「ありがとうございます。でもそれ、遠回しに自分を褒めてやしませんか？」

このスーツを見立てたのは室生だろうと、照れ隠しに皮肉めいたことを言ってみるが、室生は余裕の表情を崩すことなく返してきた。

「恋人に自分好みの服を着せるのがこんなに楽しいとは知らなかった。もっと早くやってみればよかったな」

「なんですか、それ。オジサンみたい」

「それがオジサン限定の楽しみだって言うなら、俺はもうオジサンでいいさ」

確かにスーツを選んでいるときの室生は、やたらと楽しそうだった。

一緒に買い物をしたことは何度もあるけれど、互いの好みを尊重して、相手の選択に口を出したことはない。

けれども、その名は知っていても訪れたことのない格式の高いホテルで、室生の知人の出版記念パーティが催《もよお》されることとなり、その同行者として誘われた朔也は、自宅のクローゼットを開いて唸《うな》ってしまった。

職業柄《がら》カジュアルな装いが許されているせいで、スーツすら就職活動の際に誂えた定番のものしかない。華やかな場にふさわしい服など、持っているはずもなかった。

だから室生に、連れて歩いても恥ずかしくないようなものを一緒に選んでほしいと頼んだのだ。

室生の確かなセンスのおかげで、格好はそれなりに整ったのだが。

「やっぱりこれ、着慣れてないって、態度でわかりますか？」

真新しいスーツを見下ろしながら、さっきからずっと気になっていたことを訊《たず》ねると、室生は首を傾《かし》げた。

「そんなこともないが、どうかした？」

「なんとなく見られてる気がして……。自意識過剰ならいいけど、もし場違いで浮いてるなら、オレはこのまま帰ったほうがいいですよね」

室生に恥をかかせるくらいなら、そのほうがいいと思ったのだ。

これがいつものデートであれば、朔也もそこまで気にしなかっただろう。だが室生には気楽にと言われたとしても、仕事を兼ねていることには違いない。

同行者である自分の振る舞いが、室生の評価にもつながるのだから、おいそれと気は抜けない。

そんなふうにうつむく朔也を、室生はなぜか楽しそうに微笑《ほほえ》んで見つめた。

「魅力的な存在には自然と視線が集まるものだ。大丈夫、どこもおかしなところはないから、もっと自信を持て」

「……室生さん」

褒められて、朔也の頰が、ふわりと赤くなった。

朔也の気持ちを解《ほぐ》すための言葉だとわかっているが、素直に嬉しいと感じてしまう。

「でも、こんな豪華なホテルでのパーティなんて初めてなんですよ。気楽になんて……とても無理」

「それは慣れるような機会を作らなかった俺が悪いな。甲斐性《かいしょう》なしと言われても仕方がない。これからはまめに連れだすことにしよう。お互いの誕生日とクリスマスと、それから……きみが俺の気持ちを受け入れてくれた記念日と、他にはなにがあるかな」

「室生さんっ」

多くの席が客で埋まっている店内で、声もひそめずにふたりの関係を匂わせるようなことを言われて、朔也はうろたえた。

それに室生を甲斐性なしなどと思ったことはないし、そんな機会を作ってほしいと望んだこともない。気後れからくる不安を、ほんの少しわかってもらいたかっただけだ。

「とはいえ、そろそろ始まる時間だ。会場へ行こうか」

左手首にはめた腕時計を見ながら、室生が席を立つ。

つられて朔也も横のイスに置いていたコートに手をのばした。

つかんだコートを腕にかけ、歩きだそうとした足が、ふと止まる。

確かに強い視線を感じてあたりを見渡してみるが、それらしい相手は見つからないし、特におかしな様子もない。

「朔也、どうした？」

「あ、いえ……なんでもないです」

なんだか落ち着かないような、変な気分だった。

緊張しているせいだろうか。それでいつになく自意識過剰になっているのかもしれない。

室生の言い方だと、今後もこのような場を訪れる機会はあるのだろう。

それなのに、いつまでも自分は場違いだ、気後れすると逃げているわけにもいかない。

朔也は静かに深く息を吸い込んで覚悟を決めると、先を歩く室生の背中を追った。


階段で地下二階へ下りると、会場になっている大宴会場の付近には、想像していた以上の人々が集まっていた。

クロークにコートを預け、受付を済ませてなかへ入ると、生花で飾られたきらびやかな空間に迎えられて足がすくむ。

奥の壁には、出版記念パーティであることを示す筆文字の看板が大きく掲げられていた。

「すごい人ですね。やっぱりオレ、場違いな気がしてきました」

「大丈夫だと言っただろう。うまい料理と酒にありつけるせっかくの機会だ。こういうのは楽しんだもの勝ちだぞ」

「料理を味わう余裕なんてないです」

「あちらのテーブルにスイーツがあるな。好きだろう、甘いもの」

「好きですけど……」

会場の雰囲気にのまれているのか、足元がおぼつかない感じで、とにかく室生にエスコートされるまま、差しだされたウーロン茶のグラスを受け取る。

そうしているうちに、パーティは定刻どおり、司会者の挨拶から始まった。

今夜の主役が紹介され、拍手に迎えられてマイクの前に立った男は、一見して職業不明の風貌をしていた。年の頃は四十代前半といったところ。不精《ぶしょう》にも見える顎《あご》のひげや、くせのある髪型はよく言えば野性的で、光沢のある生地のスーツも派手だが、不思議と知的な雰囲気も併《あわ》せ持っている。

男は簡潔だが印象的なスピーチをすると、すぐにマイクから離れて、会場の人の群れに紛《まぎ》れてしまった。

「相変わらず自由な人だな」

室生が拍手をしながら、どこか楽しげに呟《つぶや》く。

慌《あわ》てた司会者の先導で祝いの乾杯をして、しばしの歓談へと時間は移った。

バイキング形式の立食パーティなので、朔也は室生に誘われるまま、会場の両端に並ぶ料理のテーブルに向かった。

取り皿を手にしたところで、偶然居合わせた取引先の担当者と挨拶をする。それを始まりに、少し移動するたびに仕事の関係者や室生の個人的な知り合いと出会い、言葉を交わす。

そのたびに朔也は室生の部下だと紹介された。緊張している自覚があるので、いつもよりゆっくりと話すことを心がけながら、相手の目を見て笑顔で名刺の交換をする。

ひとしきり挨拶をしたあと、空いているテーブルを探して移動し、皿に盛った料理を半分ほど食べると、ようやくほっとひと息ついた。

「疲れたか？」

朔也の状態を敏感に察した室生が、気遣《きづか》う表情で訊ねてくる。

朔也は無理をせずに素直に答えた。

「……少しだけ」

「なら、先に部屋へ行って休むといい」

「え？」

「飲むと帰るのが面倒になりそうだったから、先に取っておいた」

人差し指で上階を示すしぐさに驚いた。

泊まる予定でいたとは知らなかった。しかも朔也も一緒のつもりらしい。

もしかして本当に半分はデートのつもりで誘ったのだろうか。

公私の区別をはっきりとつける室生にしては珍しいと思っていたが、まさかパーティのほうがついでだなんて考えていたりするのだろうか。

朔也は訝《いぶか》しげに、年上の恋人をじっと見つめた。

明日は仕事も休みだし、特に予定もないし、誘いを断る理由もない。

堅苦しいネクタイをほどいて楽になれるのは魅力的だが、朔也はあえて首を横に振った。

「いいえ、まだ大丈夫です。せっかくの機会だから、しっかりと挨拶をしておきたいです」

人と知り合って人脈を広げるのも、仕事の上で大切なことだ。最初のきっかけがどうであれ、業界の関係者が多く集まるこの場にいて、いつまでも気後れしていてはもったいない。

それを教えてくれたのが、他でもない室生なのだ。

もう新人という立場に甘んじていられる時期は過ぎたと、誰よりも自分自身が感じている。

朔也はこのあとにそなえるべく、意気込んで皿の上の肉料理を口に運んだ。すると、

「よう室生、久しぶりだな」

背後から遠慮のない調子の声がかけられる。

振り返った室生の表情が、営業用の笑顔から、素《す》のそれに変わった。

「荒屋《あらや》さん。お招きありがとうございます」

そこにいたのは、先ほど今夜の主役としてスピーチをした荒屋修五《しゅうご》だった。

いきなりの主役の登場に、朔也も慌てて会釈《えしゃく》をする。

出版記念パーティだと聞いたときは、小説家の類《たぐい》かと思ったが、荒屋は建築家だった。なんでも若手ながら海外のコンペティションでいくつも賞を獲得したことのある、実力派らしい。

今回出版されたのは、国内外で設計したいくつかの建築物を、本人の解説を加えてまとめた写真集だった。

その制作に室生もデザイナーとして携《たずさ》わった関係で、朔也も発売日前に写真集を手に入れている。

室生はフロアを回っていたスタッフから新しいドリンクを受け取ると、なにも持っていなかった荒屋に手渡した。

「盛況ですね」

「ありがとうよ。しかし、こういうのは性《しょう》に合わなくてまいるぜ。面倒なことは早く終わらせて、本業に集中したいよ、まったく」

「そう言いつつ、派手なことは嫌いじゃないでしょう」

「堅苦しいのは苦手なんだよ」

どうやらふたりは仕事上のつき合いだけでなく、グチがこぼせるほど親しい間柄のようだった。

「それで、こちらの可愛いのは？」

軽快な軽口を横で聞いていると、荒屋がいきなり距離を詰めてきたから朔也は驚いた。しかも興味深げに顔を覗《のぞ》き込まれて、とっさに後ずさる。

先ほど壇上で見たときよりも感じる迫力に、言葉が出てこない。

まるで身体《からだ》の内側から生命力が溢《あふ》れだしているような、とても印象の濃い男だ。

そんな荒屋の無作法な態度を気にもしないで、室生がさらりと答えた。

「俺の部下の都築です」

「は…じめまして。都築朔也です。このたびは出版おめでとうございます。写真集、拝見させていただきました」

緊張しながら挨拶と共に名刺をさし出す。

「ありがとうよ。都築くんか、よろしくな。荒屋修五だ」

荒屋は名刺と朔也の全身を見比べながら言った。

「歳は？」

「二十四歳です」

「へえ。どうりで、下ろし立てみたいにピカピカしてるわけだ」

そんなふうに言われたのは初めてで、朔也は面食らう。

「若い子を自分好みに育ててるのか。いい趣味だな、室生。おまえもオヤジになったもんだ」

「な……っ」

からかうような声の響きに、朔也は耳を疑った。まさか荒屋は室生と自分の関係を知っていて、そんなふうに言ったのだろうか。

室生がなにか話したのか、それとも自分がそうと気づかせる態度を取っていたのかはわからない。

どちらにせよ仕事で関わりのある相手だと、朔也は固く身構える。

だが隣にいる室生は、やんわりとした調子で言葉を返した。

「そういう室生さんこそ、そちらの事務所は若手が多いじゃないですか」

「まあな、勢いのある若いのを相手にするのは楽しいからな。今日もひとり連れてきていて、紹介しておこうと思ってた。これからなにかと世話になることもあるだろうしな」

荒屋の視線が、誰かを探すように会場内をさまよう。

「そういや、新人を入れたそうで、噂《うわさ》を聞きましたよ」

「さすが耳が早いな。確か都築くんと同い年で……」

会場をぐるりと見渡していた荒屋の視線が、朔也の後方で止まる。

「お、いたいた。慶福《けいふく》！」

荒屋が声を張り上げて呼んだその名前に、朔也の胸がどくんと鳴った。

どちらかといえば珍しいその名字を朔也は知っている。でも、まさか……。

「いいから、ちょっと来い」

荒屋の手招きに応じて誰かが背後から近づいてくる気配がして、それは朔也のすぐ隣で止まる。

「室生、去年うちの事務所に加わった一番若いヤツだ。くせの強いヤツだが、これでいて可愛いところもある。ほら慶福、挨拶しろ」

「はじめまして。慶福敦之《あつゆき》です」

男の声が耳に届いた瞬間、朔也は息をのんだ。

身体が強張《こわば》り、胸の奥の鼓動《こどう》がだんだんと速くなる。

まさか……本当に……？

信じられない気持ちで隣を見上げると、背が高く端整《たんせい》な顔立ちの男が、射るような真っ直ぐなまなざしで朔也を見下ろしていた。

「久しぶり」

記憶に残るそのままの声に、身体が勝手に震える。

胸のずっと深いところに埋めて隠していたはずのものが、ざわざわと騒ぎだす。

「……敦之」

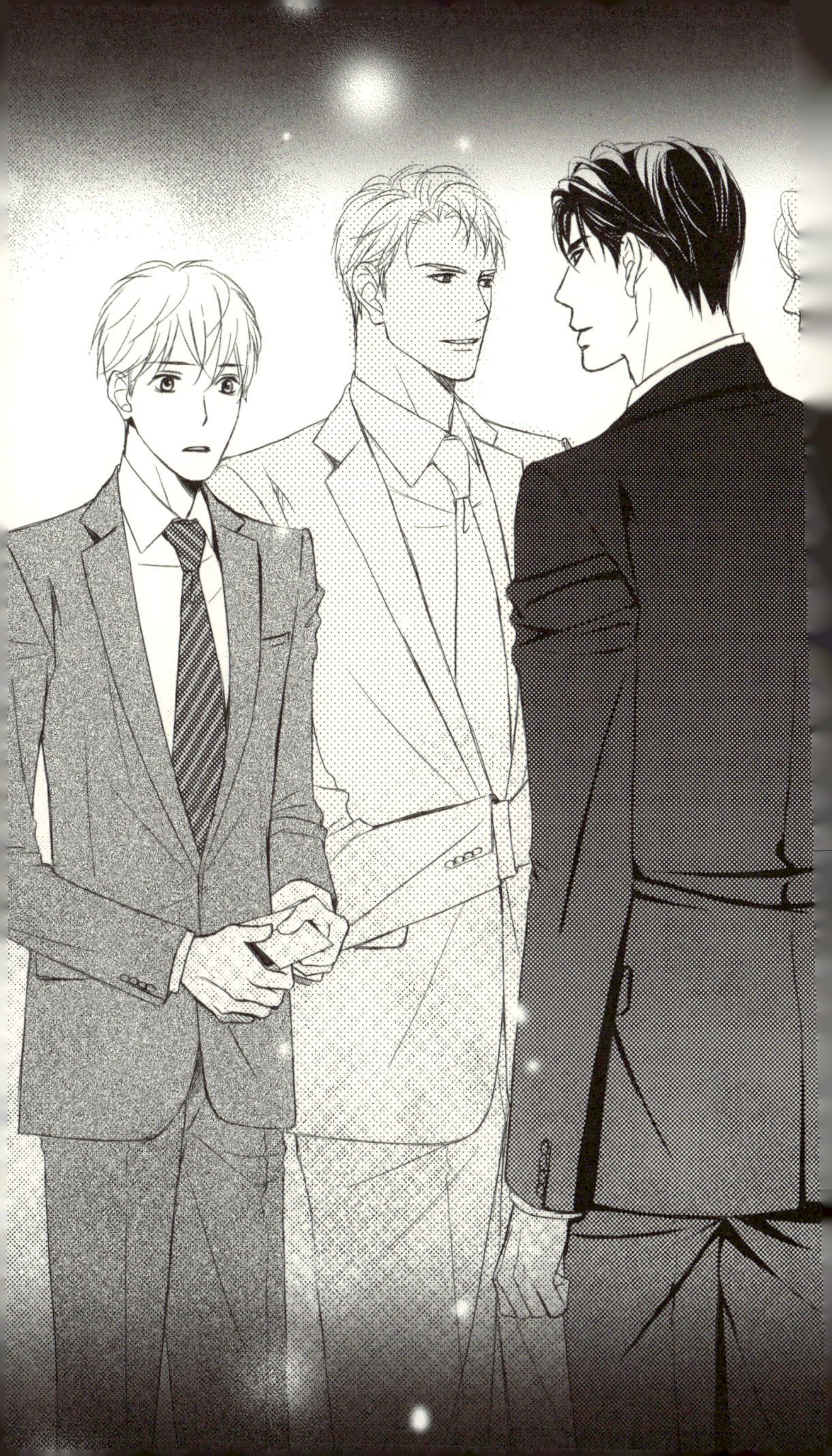

昔から大人びて落ち着いた雰囲気の男だったけれど、あのころよりも身にまとう気配が研《と》ぎ澄まされて、迫力が増していた。

「なんだ、おまえたち、知り合いだったのか」

知り合いかと訊《き》かれたなら、確かにそうだ。

しかし、ただの知り合いなどではない。

それだけでは済ませられないほど、この目の前にいる男は誰よりも朔也の近くにいて、特別で、大切な存在だった。

押し込めたはずの記憶の扉が次々と開いていくのを遠くに感じながら、朔也は目の前の男を呆然《ぼうぜん》と見つめる。

「高校からの同級生ですよ」

動揺している朔也とは正反対に、静かな声でそう答えた敦之は、そつのないしぐさでカードケースから名刺を取り出す。

受け取ろうとした指が、まだ震えていることに気づいて、朔也は腹の奥に、ぐっと力を込めた。

だめだ、落ち着け。いまさら動揺するな。

突然だったから驚いただけで、今夜こんな形で再会するとわかっていたなら、もっと冷静に対応できていたはずだ。

この男に振り回されていたのは昔のことだ。あの頃の自分とは違う。

意を決して向き直ると、敦之は感情を窺《うかが》わせない表情をして、何事もなかったかのように言った。

「また会えて嬉しい」

まさかそんなふうに言われる日が来るとは、思ってもみなかった。

身体を強張らせたまま、朔也は見上げていた敦之から視線を外す。

軽い挨拶のつもりなのだろう。

きっと深い意味はなくて、大人の対応というやつだ。

朔也も同じように仕事の延長として返せばいいのだが、うまく声にならなくて言葉を濁《にご》す。

「……そうだな」

本音は会いたくなかった。

またこんなふうに心を乱されたくはなかった。

手のなかの名刺がいつまでも存在感を示しては、敦之のことを意識させる。

四角い紙に印刷された、目に馴染《なじ》んだ名前と、目新しい肩書き。

それが過ぎた時間を思わせて、朔也は胸に込み上げるもやもやとした感情を、ため息と共にこっそりと吐き出した。

「……朔也、どうした？」

頬を包む手に軽く揺すられて、朔也は、はっと我に返った。

すでに明かりを落としたホテルの部屋。

朔也がいるのは、大人がふたりで使っても充分な広さがあるベッドの上だ。

横たわったその上から、いつもはきちんと整えられている前髪を無造作《むぞうさ》に下ろした室生が、困ったような顔をして見下ろしている。

「あ……」

状況に気づいて、朔也は焦《あせ》った。

パーティが御開きになったあと、室生と上階の客室へ移動した朔也は、交替でバスルームを使い、同じベッドに入った。

一緒に眠るのは久しぶりで、当然の成り行きでのびてきた室生の腕に身を任せたはずなのに……いつの間にか、他のことに気を取られていたらしい。

それがなんのことだか自覚のある朔也は、心のなかで失敗したと思った。

しかも室生に正直に話せるような内容ではないから、つい目線を逸らしてしまう。

「気分が乗らないようだな」

最中に考え事など、ずいぶんな態度だと呆《あき》れられてしまっただろうか。

朔也は急いで余計な考えを頭の隅に追いやった。

「ごめんなさい。ちょっと酔ってるのかも。でも大丈夫だから」

覆いかぶさる広い背中に腕を回して続きを促《うなが》す。

けれども室生は身体を離すと、それまでの親密な空気をかき消して朔也の隣に横たわった。

「室生さん」

機嫌を損ねたのだと思い、朔也は慌てて半身を起こした。

「確かに、いつもより飲んでいたからな」

からかうような声でそう言った室生は、少しも怒っていないと示すように、朔也の頬や頭を何度も撫《な》でてくる。

ほっとした朔也は、ちゃんと相手ができなかった申し訳なさもあって、甘えるように室生のほうへと身を寄せた。

「今夜は帰らなくていいんだと思ったら、つい……」

「たまにはいいさ」

ゆるく身体を抱き寄せられて、室生の肩に頬を埋める。

素肌の背中を撫でる優しい手に、このまま眠ってしまいそうな安堵《あんど》と、影のように暗い後ろめたさを感じる。

室生は気づいているのだろうか。

行為の最中でありながら、朔也がなにに気を取られていたのか。

室生は恋人としてつき合う以前はアルバイト先の上司で、よき相談相手でもあった。それでなくとも聡明《そうめい》な男なので、今夜のパーティでの朔也の動揺を見逃さなかったのなら、その理由を思いがけない再会をした敦之と結びつけるのは難しくない。

自分の恋人が他の男のことで心を揺らし、あまつさえベッドにまで持ち込んだのに、わかっていてなにも言わずにそっとしておいてくれる。

怒られても当然なのに、その心遣いに朔也の胸は罪悪感でいっぱいになった。

あえて触れないことが室生なりの愛情なのかもしれないが、それに甘えていていいのだろうか。

「室生さん」

朔也は室生の広い胸に頬を寄せ、背中に腕を回してしがみついた。

「朔也？」

「大好き」

謝れば室生の気遣いを無駄にしてしまいそうで、代わりに違う言葉で伝える。

「知ってるよ」

抱き寄せる室生の腕に力がこもり、気持ちは伝わったとわかって、ほっとした。

なにを恐れることがあるのだろう。

いまの自分にはこうして受け止めてくれる人がいる。

いつだって大人の余裕で甘やかしてくれて、不安になればすぐに察して、心ごと包み込んでくれる優しい恋人。

愛情を持って触れ合える、大切な相手がいるのだ。

もう昔とは違う。疲れ果てて壊れてしまった、あんな恋は、想いは二度と味わいたくない。

「室生さん」

もう一度呼びかけた朔也は、思いきって自分から動いてみることにした。

「あの……酔ってたの、そろそろ大丈夫みたいなんだけど」

いつまでたっても色事には羞恥《しゅうち》を感じる朔也が、拙《つたな》いなりに誘いかける。

「本当に？」

「うん」

頷《うなず》いた朔也への室生の返事は、ギシリとベッドを鳴らして覆いかぶさる動作だった。

朔也が勤務するデザイン会社は、白いタイル張りの外装が眩《まぶ》しい五階建ての自社ビルを都内に所有している。

冬の平日の昼下がり。

晴れ間の陽射《ひざ》しは暖かく、三階にある広告デザイン室のフロアには、のんびりとした空気がただよっていた。

「おーい都築、昼メシ食いに行かないか？」

隣のスペースを使っている二歳年上の先輩が、胸の高さほどのパーテーションに腕を乗せ、こちらを覗き込んでくる。

パソコンに向かっていた朔也は、少し迷って苦笑を返した。

「すみません。これだけ仕上げてしまいたいので」

「そうか。じゃあ、終わったらちゃんと食えよ」

「はい。いってらっしゃい」

きりのいいところまで作業を進めるのはよくあることで、先輩はあっさりと納得すると、他のデザイナーと連れ立って食事をしに出て行った。

一人残った朔也は、途端《とたん》に疲れたように椅子に深くもたれかかる。

みんな出払って静かになったフロアに、こぼれたため息がやけに大きく響いた。

仕上げてしまいたい作業があるなど嘘《うそ》だった。このところずっと気分が落ち込んでいて、あまり食欲がないのだ。

原因はわかっている。十日前のパーティでの出来事を、まだ引きずっているのだ。

気持ちをうまく切り替えることができない自分が、情けなくて嫌《いや》になる。

来月には新企画が始動し、また忙しくなる予定だが、いまは比較的余裕があるせいか、余計なことを考える時間が多すぎてだめだった。

朔也はまるで作業の進まないパソコンの画面を閉じると、クッションを抱えて机に突っ伏した。

かつての恋人との再会は予想外だったが、仕事の関係者として挨拶をしただけで、やましいことなどなにもない。

敦之は過去を蒸し返さずに、大人の対応でその場を和《なご》やかに終わらせてくれた。

あの日以来、これといった連絡もなく、肩透かしなほど静かだ。

何事もなく日常は戻ったのに、自分は未《いま》だにあの日の動揺を引きずっている。

こんなにも落ち込んでいる一番の理由はきっと、あんなに動揺した自分がショックだったからだ。

昔の恋など、とうに思い出にしたつもりだった。新しい恋人との優しい時間を積み重ね、生まれ変わったつもりでいた。

それなのに敦之の名前を耳にして、姿を見ただけで、朔也は一瞬で平静を失っていた。

簡単に心が揺らされて、信じられないくらいに身体が震えた。

いまさら敦之に未練があるはずがない。

別れたことも後悔していない。

朔也の愛情を根こそぎ奪っておいて、飽《あ》きるとあっさり態度を変え、そっけなく離れていった男。

あれからずっと、朔也のなかで敦之は、自分に背を向けた姿のままだった。

それなのに、再会したら真っすぐに見つめられたのだから、驚いて戸惑《とまど》っても無理はないだろう。

ずっと昔の、まだ好き合っていた頃を思い出させるまなざしだった。

敦之は言葉にならない気持ちを、視線に込めるような男だった。

そうして朔也が正しく受け止めると、決まって満足そうに微笑むのだ。

いまでも憶《おぼ》えている。

過去へと想いを馳《は》せながら、朔也はそっと目を閉じた。

慶福敦之を意識し始めたきっかけは、あまり憶えていない。ただ、やたらと目が合うので、なんとなく気になる相手だった。

よく話すようになったのは、高校二年になってすぐのグループ発表で、同じ班になってからだ。その後は自然と傍《そば》にいることが増え、次第に一緒にいることが当然のようになった。

敦之の印象を他人に訊くと、だいたい『傍若無人《ぼうじゃくぶじん》』とか『愛想がなくて近寄りがたい』とか『なにを考えているのかよくわからない』などという答えが返ってくる。

嫌われはしないが、親しまれもしない。

同じ年頃の男にはプレッシャーを感じさせる存在だったようで、校外でもつき合いのある相手はごくわずかだった。

朔也にしても、誤解されがちな男なのだと理解するまでに、季節ひとつぶんの時間がかかったくらいだ。

いまにして思えば、それを敦之が許したからかもしれない。

別に敦之は他人を見下してなどいなかったし、無関心だったわけでもない。

奔放《ほんぽう》さと繊細《せんさい》さを併せ持った、かなりの不器用者だっただけで、それは取り扱いが大変な、気難しいオオカミみたいな男だった。

そんな自分の複雑さが他人には理解され難いことに対して、敦之は少しの諦《あきら》めと開き直りを抱えていた。

だから理解してくれるおまえが好きなのだと言っていた。貴重な存在だから、逃したくないとも。

様子が変わったのは、三年生に上がる直前だった。

クラス替えが憂鬱《ゆううつ》だと、ふさぎ込むことが多くなった。敦之は進学先に建築学科を、朔也はデザイン系の学科をそれぞれ志望していて、進路が分かれるのは確実だったからだ。

その頃の朔也は、もう気づいていたように思う。自分を見る敦之の瞳に、他には決して向けられない熱量がこもっていたことに。自分だけに注がれる、特別でひたむきな想いに。

それはコップに水を注ぎ続ければやがて溢れてしまうように、自然な成り行きだった。

敦之の部屋へ遊びに行き、そのまま泊まった何度目かの夜。強く抱きしめられながら求められて、抗《あらが》えなかった。いや、抗おうとは思わなかった。

自分が男を恋愛の対象にできるかどうか、答えを出すよりも先に、敦之から溢れ出た感情は、朔也を飲み込んで押し流し、翻弄《ほんろう》した。まるで嵐にあったようだった。

未知の行為は驚きと恥ずかしさでめちゃくちゃだったけれど、嫌ではなかった。むしろ嬉しいくらいで、ほしい気持ちは同じだった。

誰よりも一番近くでその存在を感じ、自分のものだと互いに確かめ合った。

朔也は敦之におぼれた。

敦之は朔也への執着を隠さなくなり、校内でも放課後でも、できる限りの時間を独占したがった。傍にいたいのは朔也も同じだったので、嫌だと思ったことは一度もなかった。

クラスメイトに訊かれたことがある。

『おまえら、そんなに一緒にいて飽きないのかよ？』

教師の都合で授業が自習になり、気を許せる数少ない友人たちと、図書館で昼寝を決め込んだときの話だ。

眠そうに朔也の肩にもたれていた敦之は即答した。

『飽きる？　どうして？　朔也ほど俺を楽にしてくれるやつはいないのに』

肩への重みを心地よく受け止めながら本のページをめくっていた朔也も答える。

『これが普通だしね』

ただ一緒にいるだけで満足できる相手など、敦之の他には考えられなかった。

『なるほどな。どうりでおまえら、女にガツガツしてないわけだ。そんなふうに思える相手がいるなら、他はいらねぇもんな』

その当時、友人がどこまで気づいていてそう言ったのかはわからない。

『まあ、慶福だから、それもアリか』

ありがたいことに、そんな便利な言葉で片づけてくれた。

多少首をひねってしまうようなことでも、不思議と納得させてしまう。そんな大雑把《おおざっぱ》な説得力が敦之にはあった。

敦之のことは、朔也に任せておけば大丈夫。

いつの間にか、それが周囲の認識になっていた。

敦之にとって自分が特別な存在だと実感するたびに、胸が震えるほどの充足感を味わった。

扱い辛い気難しい敦之が、自分だけには心を許してくれる。くつろいだ姿を見せてくれるのが嬉しかった。

名前を呼ぶときの、低い声に甘さが混じる感じが好きだった。

抱きつくと、いつももどかしそうに肩や背中を撫でてくる手が好きだった。

濃密に抱き合ったあとの満足そうな、それでいてまだたりないような表情が好きだった。

自分の全部をあげてもいいと思っていた。

世界は敦之のことばかりで埋め尽くされていた。

進級してクラスが分かれ、多忙な受験生になってからも、予備校や補習の合間に都合をあわせては、恋人らしい時間を重ねた。

大学生になったら一緒に暮らそう。ふたりきりの部屋で、心置きなく自由に過ごそう。

同居を強く望んだのは敦之のほうだった。

悩んだ結果、同じ芸術大学へ進学することを決めたが、学部は別だ。

新しい環境に踏み出すことで、自分たちの関係がどう変わってしまうのか、敦之は不安を感じているようだった。

安心したい気持ちは同じだったから、朔也も同居に賛成し、合格すればなにもかもうまくいくのだと、互いの頑張りを励みに受験勉強を乗り切った。

望みは叶い、ふたりで始めた新しい暮らしは楽しかった。毎日の家事は大変だったが、敦之のためになにかをするのは嬉しかった。

幸福な日々は、ずっと続いていくものだと思っていた。

朔也はいまでもわからない。

どうして自分たちはだめになってしまったのだろう。

特別な理由やきっかけは思い当たらないのに、気づいた時には、敦之との間に距離ができていた。

二年生になって生活のリズムが変わったのだと思っていた。

家で一緒に夕食をとる回数が減っても、毎晩のように帰宅が深夜になっても、増やしたバイトが忙しいせいだと言う敦之の言葉を信じて疑わなかった。

おかしいと気づいたのは、敦之が朔也よりも友人との約束を優先し始めたからだ。

敦之の携帯電話が、朔也ではない誰かからの着信やメールで埋め尽くされていく。

次第に会話をする時間が減り、顔を見る回数が減り、代わりに甘い移り香をつけて帰宅することが増えていった。

敦之がなにをしていたのか、本人に確かめればよかったのかもしれない。

けれども訊いたことが理由で機嫌を損ねたら家には帰ってこなくなるような気がして、気づかないふりをすることしかできなかった。

敦之のなかで、自分の存在がどんどん小さくなっていくのがわかった。

一緒に暮らしているはずなのに、まるでひとり暮らしのようだと寂しさを覚えた。

自分は敦之にとって特別な存在なのだと信じていたけれど、それは思い上がりだったのだとわかった。必要とされなくなって、なんのために同居をしているのかわからなくなって、傍にいる意味を見失った。

どうすることもできずに、泣いてばかりいた。それでも敦之のことばかり考えていた。耐えられなくなるのは早かった。

好きだったから余計に、別れるしかなかった。

嫌いになれれば楽だったのに、情けなくてバカだと自分でも思うが、別れを告げたときも、朔也は敦之のことが好きなままだった。

アパートを出ると告げた朔也を、敦之は引き止めてはくれなかった。ただ、頷いただけだった。

同居を決めたときには予想もしなかったけれど、ふたり暮らしの蜜月は、たったの一年半で終わりを告げたのだった。

なぜいまになって、再会するような目に遭うのだろう。

「……築……朔也、起きろ」

肩を揺すられて、朔也は、はっと目を開けた。

最近眠りが浅いせいか、ぼんやりと昔を思い出している間に居眠りをしていたようだ。

机の傍には、打ち合わせから戻ったらしい室生が立っている。

もう午後の業務が始まる時間なのかと慌てたが、フロアには他に人気《ひとけ》がなかった。

「すみません室長。おかえりなさい」

休憩時間とはいえ、だらけた様子を見苦しいと思われただろうか。

「いや、仮眠を取るのはかまわないが、いくら空調が効いているとはいえ、そのままでは風邪をひいてしまうぞ」

見上げた室生はコートも脱いでいない。寝ている朔也に気づいて、すぐに起こしてくれたようだ。

「昼食はどうした。もう食べたのか？」

「……いえ。あまり食欲がなくて」

誤魔化《ごまか》してもばれるので正直に答えると、室生は呆れたようなため息をついた。

「支度《したく》をしろ。行くぞ」

「え？」

「俺もまだなんだ。つき合え」

急《せ》かされて、朔也はロッカーにかけてあったダウンジャケットをはおった。財布《さいふ》と携帯電話をポケットに押し込み、室生のあとを追ってフロアを出る。

エレベーターで一階まで下りて、ビルの外に足を踏み出すと、途端に感じる寒さに身体が震えた。

「さむ…っ」

陽射しは温かいけれど、吹き抜ける風がまだ冷たい。

「温まるものがいいな。蕎麦《そば》にするか」

今日の室生は少し強引だった。

室生は朔也の意思を尊重してくれるけれど、自分の意志を通したい時は、遠慮なく言う。

そのバランスが絶妙なのだ。

だから朔也は、室生の気遣いを負担に感じることなく受け入れることができるし、室生に受け止めてもらえた満足感も得られている。

それは敦之とつき合っているときにはなかった安定感だった。

蕎麦と聞いてダシのきいた温かなつゆの匂いを思い浮かべた朔也は、にわかに食欲を覚える。

冬の街を足早に歩くふたりは、近場で馴染みの蕎麦屋に入った。

「今日も混んでますね」

「ああ、ちょうどあそこの席があいたな」

暖房の効いた店内は、同じように昼食をとりに来た会社員らしき客たちでにぎわっている。

運よくあいたテーブルを確保して、お品書きを見なくても平気なくらいに食べ慣れている天ぷら蕎麦を注文した。

おてふきと共に運ばれてきた熱いほうじ茶を手に取ると、冷えた指先がじんわりと温まって、強張っていた身体から、ほっと力が抜ける。

「……そういえば、室生さんとよく話すようになったのは、こんなふうに一緒に食事をしたのがきっかけでしたね」

ふと思いついたことをそのまま口にすると、室生は唐突《とうとつ》な話題に驚いたのか目を瞠《みは》るが、懐かしそうに顔をほころばせた。

「そうだな、もう三年くらい前か」

朔也がまだアルバイトとして働いていた頃に、急なアクシデントの対処で深夜まで居残ったことがあったのだ。

そのあと室生に、遅くまで手伝ってくれた礼がしたいと初めて食事に誘われたのだが、当時の朔也は、正直なところ困った気持ちにしかならなかった。

残業分のバイト料は支払われるのだし、室生から個人的に礼を貰う理由はない。しかも仕事の話しかしたことがない上司といきなりふたりきりでは、気後れするだけだ。

だが断れる雰囲気ではなくて、朔也は仕方なく室生のあとをついて行くことになった。

朝まで営業している居酒屋に入り、向かい合って食事をして。朔也が身構えていたせいか、始めは長く続かなかった会話は、いつの間にか打ち解けたものになり、食欲を満たして店を出る頃には、次の約束をしてもいいと思えるくらいに距離が縮まっていた。

「室生さんは、仕事ができる男だと社内でも評判で、別世界の人みたいに思ってたけど、話してみると親しみやすくて、一緒にいて居心地がいいのに驚いたんですよね」

「ああ、だから最初のころは、あんなに頑《かたく》なだったのか」

「えっ、オレってそうでした？」

「仕事ぶりを見ていると、どんな雑用でも笑顔で率先して引き受けていたのが好印象なのに、人づき合いとなると、一線を引いて内側には踏み込ませてくれなかったから、それがずっと不思議だった」

その理由はあとで知ったと、室生は声をひそめるから、朔也は苦笑いをした。

あの頃の自分が頑張っていたのは、敦之との別れで生まれた心の隙間を、他のなにかで埋めようとしていたからだ。学業とアルバイトで毎日を忙しく過ごしていれば、辛いことを早く忘れられそうな気がしたからだ。

それでも室生の言葉は、朔也の心に小さな明かりを灯《とも》してくれた。

自分の頑張りを見ていてくれた人がいる。

褒めてくれた人がいる。

それは朔也の心境が変わる、いいきっかけになった。

意識を変えて前向きにアルバイトに励むようにすると、雑用の他にも仕事を任されるという嬉しい結果が返ってきた。

「……室生さんのおかげなんですよね、いまこうしていられるのも」

「どうした、やけに大袈裟《おおげさ》じゃないか」

「いいんです。ちょっと、言葉にしてみたかっただけです」

「よくわからんが、まあいいか」

ふっと楽しそうに笑った室生の、朔也を見つめる瞳は甘くて優しい。

信頼できる上司。そしてよき相談相手として近くで過ごしながら、半年が過ぎた頃。あらたまった顔で誘われた食事の席で、室生から恋人になってほしいと申し込まれた。

戸惑って言葉がなにも出なかった朔也に、室生は返事を急かさなかった。

考えてみてほしいと保留にされ、それからは気づけば傍にいて、朔也を優しく癒《い》やし、時にはきびしく導き、細やかに気遣い、大らかに包み込んでくれた。

壊れた恋を引きずって恋愛に頑なになっていた朔也の心を、積もった雪を春風が解かすように、やんわりとほどいていった。

落ち着いた大人の男の傍でくつろぐ心地よさを教えてくれた。

また誰かを好きになれて嬉しいと思わせてくれた。

そうして気付けば一年近くもの時間をかけて、室生は、新しい恋を始められるように朔也の心を変えてくれたのだった。

そんなふたりの関係は、朔也がアルバイトから正社員になったいまでも順調に続いている。

見事なほどに公私の区別をつける室生に仕事面では鍛《きた》えられ、私生活では支えられながら、充実した日々を送っていた。

昼食の蕎麦を食べ終えた朔也は、満腹感に微笑みながら箸《はし》を置き、熱いお茶の入った湯飲みを手に取った。

同じようにお茶を飲んでいた室生が、ほっとしたような穏やかな表情を浮かべていることに気づいて、首を傾げる。

「室生さん？」

呼びかけると、室生は柔らかく目を細めた。

「食欲、戻ってよかったな」

体調を気にかけてくれていたのだとわかって、朔也の胸に温かな気持ちが広がった。

室生はいつでも朔也のことを想ってくれている。上司の顔をしているときも、恋人でいるときも。

それに朔也が気づかなかったとしても、かまわずに愛情を傾けてくれる。

「……心配をかけてごめんなさい」

「朔也は腹が減っていると大人しいからな」

「なんですか、人を子供みたいに言って」

「でも、食べるの好きだろう」

「まあ否定はしませんけど」

「食べて元気になるならいいさ。子供みたいだろうと可愛いものだ」

「……室生さん」

そんな軽口で空気を和ませてくれる室生は、ここ数日の朔也の落ち込みに気づいているのだろう。ずっと心配をかけているのだと思う。

室生がなにも言わないのは、きっとそれが彼の優しさで、こちらを信頼してくれているからだ。朔也が自力で解決できると信じているから、黙って見守ってくれているのだろう。

なんでも手を差しのべて甘やかすのではなく、本人の意思を尊重しようとする姿勢は、大人の男である室生の器《うつわ》の大きさだと思う。

年齢と経験の差を実感して、自分と比べて落ち込むこともあるけれど、目標にしたい姿が身近にいるというのは朔也にとって励みになっていた。

いつかは室生にも頼られるくらいの成熟した人間になりたい。

恋人としてふさわしい存在でありたい。

自分のなかにある室生への想いを再確認できたせいなのか、朔也は落ち込んでいた気持ちがいくらか軽くなっていることに気づいた。

前向きな気分もわいてきて、今回のことを室生にきちんと話しておこうと思えてくる。

この優しい恋人を、無駄に思い煩《わずら》わせたくない。

それに室生に聞いてもらうことが、自分にとってもよい区切りになりそうだ。

朔也はずっと手に持っていた湯飲みをテーブルに戻すと、さっそく室生と向き合った。

「室生さん、もう気づいてますよね？」

「うん？」

「慶福敦之のことです。先日のパーティで会ったあの男が、以前に話したことがある、オレの昔の恋人だってこと」

室生から交際を申し込まれたとき、朔也は敦之との間にあったことを正直に話していた。

室生の真剣な気持ちが伝わってきたから、こちらも誠実に応《こた》えなくてはいけないと思ったのだ。

だから恋愛に疲れていたこと。また恋をするのが怖いこと。あまり前向きには考えられないこと。

そしてなにより、男性である室生のことを、敦之のときと同じように好きになれるかどうかはわからないということも隠さずに話した。

ほぼ断ったも同然の返事だったのに、それでもかまわないと言って、室生は朔也の心が室生のほうへと向くまで待っていてくれたのだ。

「そうだな。なんとなく、そうだろうと思っていたよ。朔也は素直だからな」

室生は微《かす》かに驚いたように目を見開いていたが、苦笑しながら頷いた。

想像していたよりもあっさりとした返事と、その言い様に朔也は戸惑いつつ首を傾げる。

「素直、ですか？」

「褒めてるんだぞ。だから、よく見ていればわかる。ああ、どこにも探りを入れるようなまねはしていないから、そこは信じてくれ」

朔也はこくりと頷いた。

こんなことで嘘をつくような人ではないと知っている。室生は、朔也から話しだすのを待っていてくれたのだろう。そしてきっと、話さないのなら、それはそれでかまわないと、黙って受け止めてくれたに違いない。

だからこそ余計に、きちんと伝えておかなければと思った。

「それでですね、こんな場所で切りだす話題ではないのは、わかってるんですが……」

いまは仕事の昼休み中で、ここは人気の多い蕎麦屋だ。

だがあらためて場を設けるよりも、このまま勢いで話してしまったほうが、かえって深刻な雰囲気にならずに済むのではと、少し狡《ずる》いことも考えてしまう。

「なんでもないから話せるのだと、承知のうえで聞いてください。お伝えしたいのは、先日は突然の再会だったので動揺しましたけど、もう大丈夫ですよってことです。過去のことに未練はありませんし。だから室生さんは、なんの心配もしなくていいですからね」

できるだけしっかりと言葉にすると、室生はおもむろに顎に手を当てて、しばらく考え込んでいた。

そうして、そろそろ昼休みが終わる時間ではないだろうかと気になり始めたころ。

「朔也の気持ちはわかった。それなら、この際だから確認させてもらうが」

「はい」

「あの合同企画だが、むこうの事務所の参加者のなかに、あいつの名前も入っていた。正式決定だそうだ」

「……慶福も、ですか？」

合同企画とは、朔也が勤めるデザイン会社で来月から始動予定の新企画のことで、先日の出版記念パーティの主役だった荒屋修五がひきいる建築事務所と合同で制作に当たるという、なかなかに大きな取り組みだ。

朔也も参加者のひとりに決定していたが、敦之も加わるということは、一度きりの再会では終わらずに、これから仕事で顔を合わせるということだ。

再会して感じた敦之の成長や変化を思い返して、朔也はつい黙り込んでしまった。

「朔也は心配はいらないと言ったが、少しでもやり辛いと感じるなら言ってくれ。きみに任せたい仕事は他にもある。私的な事情で作業に影響が出るくらいなら、最初から関わらないという選択肢もあるし、面倒を避けるのは別に悪いことではない。これは上司としての俺の意見だ」

引き締まった厳しい表情がくれた忠告は、すべて当然のことだった。

室生の言うとおりだ。仕事に私情を挟《はさ》んで周りに迷惑をかけるなど、あってはならないことだ。

不安要素をあえて避けるという選択肢を室生はくれたが、だからこそ、ここを避けて通るわけにはいかないように朔也は感じた。

敦之とは近い業界にいて、これから先に、また別の仕事で関わることがあるかもしれない。そのたびに避けて逃げ回るわけにはいかないだろう。

そしてなによりこの合同企画には、朔也はかなり前向きな気持ちで臨《のぞ》んでいた。

「気を遣わせてしまって申し訳ありません。ですが、大丈夫です。どうかオレも企画に参加させてください」

「……本当に大丈夫なんだな?」

「はい。オレはもう、あの頃のオレではありませんから」

あれから三年半もの月日が流れている。

いまの自分には、背中を支えて前へ踏みだす勇気をくれる人がいる。

時には甘やかしてくれる優しい恋人がいる。

変わったのはたぶん敦之も同じだろう。

「わかった。しっかりやれよ」

「はい。任せてください」

朔也は期待に応えようと、力強く頷いた。

いまの自分がやるべきことは、この穏やかな毎日を続けていくための努力だ。

いまさら現れた過去のせいで、揺れたり落ち込んだりしていられない。

昼下がりの蕎麦屋の片隅で朔也は、目の前にいる室生が、自分にとってどれだけ大きな存在なのかをあらためて感じていた。


未だ寒さの続く二月に入った平日の午後。

朔也はデザイン会社の一階の奥にある広いミーティングルームにいた。

他には室生が広告デザイン室から選抜した者と、空間デザイン室からも数名。そして荒屋建築事務所からは所長の荒屋と、敦之を含めたスタッフが加わり、十五人ほどの顔ぶれがU字型のテーブルに集まっている。

「それでは、第一回目の全体会議を始めさせていただきます。初めに企画の概要を、先に配られた資料をもとに確認していきたいと思います。では……」

適度な緊張感に包まれながら始まったのは、新企画に関する合同会議だった。

テーブルの末席についている朔也は、配られた資料をもとに内容を説明していく室生の声に、真剣に耳を傾ける。

今回依頼されているのは、オープンカフェの開店だ。依頼人の望みを踏まえた店の基本コンセプト作りから、開店に至るまでのトータルプロデュースを、このチームで行う。

大きく分けると、店舗の設計から施工、内装までを荒屋建築事務所が受け持ち、内装のデザインから店内のプロデュースと、宣伝広告までを朔也たちデザイン会社が受け持つ。

朔也はなかでも雑誌広告など紙媒体《ばいたい》の制作に携わることになっていた。

会議は滞《とどこお》りなく進行し、やがて担当ごとの班に分かれて、基本的な方向性の取りまとめに入る。

事前に概要を知らされていたこともあり、早くも両社のメンバーからラフ案が出され、意見が交わされる。

朔也はとりあえず聞くことで参加している状態だった。正社員としての経験は、まだ一年目。今回のような合同企画は初めてなので、まだ勝手がわからないのもある。

だがこうして現場にいるのも仕事のうちだ。そうやって経験を積んで、いずれは企画の主要メンバーとして仕事をこなせるようになるのだ。

さり気なく建築班の席へと視線を向けると、敦之の姿が目に入った。

顔を見て挨拶を交わしたのは、あのパーティ以来だ。

記憶のなかではTシャツやジーンズを好んで着ていた敦之が、今日は濃紺の細身のスーツに、同系色のチェック柄のネクタイを合わせている。

かっちりとした装いは新鮮で、ちゃんとした大人の男に見える。

やはり社会人になったことで服の好みも変わったようだ。

話を聞くので精一杯の朔也と違い、敦之は隣にいる先輩らしき男としきりに意見を交わしている。

そして目の前で進行する話に熱心に耳を傾け、資料に視線を落としながら細かに書き込んでいる。

それは初めて見る仕事中の姿だった。

敦之は発言をするにも積極的で、会議に気後れしている様子は見受けられない。

同じ社会人一年目の新人のはずなのに、自分との差を目《ま》の当たりにして、朔也の胸の奥がちりっと騒いだ。

出迎えたときに挨拶を交わしてから、敦之がこちらを見ることはないし、気にするそぶりもない。最初からずっと落ち着きはらっているのは、朔也の参加を事前に知っていたからだろうか。それとも気を逸らすほどのこともないということか。

「都築」

「はいっ」

デザイン室の先輩に名前を呼ばれて、はっと我に返る。

いつの間にか大事な打ち合わせに集中していなかったと気づいた朔也は、心のなかで自分の失態を罵《ののし》った。

室生とも約束したのに、こんなに簡単に気を抜いていては、参加メンバーから外されかねない。

だが先輩は朔也の内面が荒れていることなど気づきもせずに、からになった紙コップを軽く持ち上げてみせた。

「ひと息入れたいから、悪いがお茶を淹《い》れ直してもらえるか?」

「はい、すぐに用意しますね」

デザイン班の打ち合わせは順調に進んでおり、このあたりでいったん休憩をしようという空気になっている。

後ろめたい気持ちを抱きつつ、朔也は席を立って、あらかじめ準備をしておいたコーヒーサーバーへ向かった。

熱いコーヒーができあがっていることを確認し、人数分の紙コップを並べていると、

「都築！　それと慶福くん、ちょっと来てくれ」

長テーブルの端に座っている室生に呼ばれた。

朔也はすぐにコップを置いて、室生のもとへ急ぐ。その隣に追いついた敦之が並んだ。

自分と敦之が一緒に呼ばれたことで、一瞬、胸がドキリとしたが、すぐに室生が公私混同をする男ではないと思い直す。

「なんでしょうか」

それでも緊張した面持《おもも》ちで訊ねると、室生は朔也と敦之を交互に見つめながら告げた。

「クライアントが、プレゼンの際の参考資料として、既存の店の情報を望んでいる。なのできみたちには、実際に客としていくつかの店に足を運んで、情報収集をしてもらいたい」

「俺たちが、ですか？」

朔也が思ったとおりのことを、敦之が訊ねてくれる。

「ああ、もっと早いタイミングで言ってほしかったというのが本音だが、クライアントの言うことだから仕方がない。頼まれてくれるか？」

「具体的には、どういったことを？」

「客層やメニューの傾向。他店との差別化として試みている事柄も必要だが、特に知りたいのは、若い目線で気づいたことだそうだ。あまり時間がないことだし、段取りはふたりに任せる。しっかり観察してきてくれ」

「はい」

「わかりました」

朔也と敦之は同時に返事をした。

若手である他に、担当する作業が比較的少ない新人だから選ばれたのだとしても、室生が自分を信じて任せてくれたことが嬉しかった。その期待にいい結果で応えたいと思う。

室生は用件を伝え終えると、朔也の肩を励ますように、ぽんっと軽く叩いて、広告の展開に関する打ち合わせに戻っていった。

朔也は敦之とふたりきりでその場に残される。

これから何度も顔を合わせることになるとわかってはいたが、まさかふたりで組むことになるとは思ってもみなかった。

予想外の展開に戸惑いつつ、朔也は敦之のほうを向く。

するとこちらを見ていた敦之と間近で目が合った。

じっと注がれるまなざしに促されているような気になって、朔也はつとめて冷静に挨拶をした。

「よろしく、慶福。頑張ろう」

ふたりの間にあった過去の出来事は、共に仕事をするのになんら影響はないと、朔也なりの意思表示のつもりだった。

敦之のほうも同じ考えなのか、何事もなかったかのような顔で頷き返す。

「こちらこそよろしく。都築」

名字で呼ばれるのは、親密になる前の高校二年生の頃以来だ。違和感を覚えたのが伝わったのか、敦之の表情が和らいだ。

「連絡先を教えてくれるか」

上着の右ポケットから取り出したスマートフォンを見て、一瞬ためらう。朔也は仕事用と私用を使いわけていないので、教えるアドレスはプライベートなものでもあるのだ。

朔也のためらいを敏感に感じ取ったのか、敦之は携帯電話をポケットに戻すと、代わりに名刺入れを取り出した。

名刺ならパーティでも貰っているはずだと思いながら見ていると。

「都合が悪いならかまわない。いちおう俺のを教えておくから、必要なときはここにかけてくれ」

その場で裏面にすらすらと書き込んで、朔也に差し出してくる。

その態度は泰然《たいぜん》としていて、下心など微塵も感じられない。

過去の恋など、敦之のなかではとっくに思い出として片づいているのだと思い知らされたような気分だった。

「確かに、外で会うのに、知らなかったら不便だよな。待ってて」

出先で急な予定の変更があった場合、会社経由で連絡を取り合うのは面倒だし、そもそも時間の無駄だ。

朔也はデザイン室の自分の席に置いてあるスマートフォンを取りに戻りながら、今後の作業の段取りへと頭のなかを切り替えた。

合同ミーティングから三日後の、正午を少し過ぎた頃。

朔也はとある街の大通りから、ひとつ奥へ入った舗道をウロウロとしていた。

今日からさっそくオープンカフェのリサーチを開始する予定で会社を出て来たのだが、のっけから困った状況になっている。

目的の店の前で敦之と合流する約束なのだが、迷ったらしく店までたどりつけないのだ。

「このあたりのはずなのに、なんで見つからないんだよ」

気が焦るが、それらしい店はどこにも見当たらない。パソコンから印刷した地図は簡略すぎて、現在位置すらもわからない有様だ。

そうしているうちに、とうとう約束の時間が過ぎてしまった。

「とにかく連絡しないと」

朔也は右手に握っていたスマートフォンのアドレスを開き、先日交換したばかりの敦之の番号を呼び出した。

「……あれ」

さまよっていた朔也の歩みが、無意識に止まる。

「アドレス……そのままだ」

朔也は驚きに目を見張った。液晶画面に表示された敦之の電話番号もメールアドレスも、恋人だった頃のまま変わっていなかったのだ。

交換したときはよく確認しなかったので、いまになるまで気づかなかった。

朔也は一緒に暮らしたアパートを出たその足で、携帯電話の販売店に向かい、機種ごとすべて替えていた。敦之との関係を断ち切るには、それくらいしなければいけないと思ったからだ。

けれど敦之は違ったのだろうか。

あの頃と変わっていないアドレスは、なにを意味しているのだろう。

呆然《ぼうぜん》と画面を見下ろしていた朔也は、横を通り過ぎるスクーターの排気音で、はっと我に返った。

「なに考えてんだよ」

意味など探してどうする。

単純に、変更が面倒でそのまま使い続けているだけかもしれないだろう。変なところで大雑把だった敦之ならありえることだ。

仮になにか意味があったとしても、いまさらだ。自分には関係ない。

気を取り直して、朔也は表示された通話ボタンを指先でタップした。

まずは遅刻していることを謝って、現状を説明して、できれば店まで導いてもらいたい。

呼び出し音の二回目で、通話はすぐに敦之につながった。

『はい』

「慶福、遅れてごめん。じつは……」

『俺も連絡しようと思ってたところだ。どうかしたのか？』

電話のときは少し低くなる声が、昔と変わらない。

「それが、道に迷ったみたいで」

『なにか目印になるものはあるか？』

「目印……近くの角に歯科医院があるけど」

『わかった。そこで待ってろ』

それで通話は切れた。

言われたとおり、スマートフォンをにぎって待っていると、五分とたたないうちに舗道の向こうから敦之がやって来るのが見える。

わざわざ迎えに来てくれるとは思わなくて朔也は焦った。

「ごめん！」

「いや。曲がり角に気づかずに通り過ぎたんだな。店はこっちだ。行くぞ」

自然なしぐさで手を引かれ、朔也はとっさに振り払ってしまった。

敦之は驚いたのか、朔也を見下ろしたまま動きを止める。

「あ……ごめん。いきなりだったから、びっくりして」

「いや、俺も悪かった」

逸らした表情に傷ついた影を見た気がして、朔也は罪悪感に駆られた。遅刻したうえに迎えに来させておいて、とどめが邪険《じゃけん》にするような態度だ。

「行くぞ」

さっさと歩き出す敦之の背中を目にした途端に、なぜか胸にわいた焦りに背中を押され、朔也は足早にあとを追いかけた。

「慶福！」

追いついて顔を覗き込むと、敦之は想像していたのとは違う、何事もなかったような表情をしていて、そこには先ほど見かけたはずの影など微塵も残っていない。

「早く行かないと、ランチを食べそこねるぞ」

「あ……うん」

そうだ、敦之はもう昔のままの彼ではないのだ。朔也の態度でいちいち傷ついたりしないし、それに朔也が振り回されることもない。

敦之の少し後ろをついて歩きながら、朔也は未だに敦之との程よい距離をつかめていない自分にはがゆさを感じていた。

あれだけ迷ったのに、目的のオープンカフェへは、敦之の導きであっさりとたどりついた。

ガラス扉を押し開けて中へ入ると、程よい広さのある店内は、暖かな空気に満たされていた。

清潔そうな白壁に、木製のカウンターやテーブルがアクセントを添え、素朴《そぼく》な印象になりそうなところを、スチール製の椅子や照明でおしゃれに演出している。

季節のせいか、店前に設けられたオープン席の利用者はさすがに少なかったが、膝掛けを貸し出すなどのサービスで防寒対策も工夫しているようだ。

オープン席とはガラス窓を隔《へだ》てたテーブルに案内されて、ふたりは向かい合わせに席についた。

受け取ったメニューをじっくりと眺めていると、敦之がぽつりと呟く。

「この店がおしているメニューは、日替わりのランチプレートと、定番のサンドウィッチのプレートのようだな」

「そうだね、ほとんどのお客さんが、そのどちらかを選んでるみたいだ」

さり気なく他のテーブルを注目してみると、だいたいはそのどちらかの皿が載っている。

「価格もリーズナブルだ」

「口コミ情報では、味もなかなかのものらしいよ」

それならば試してみようと、敦之は日替わりのプレートを、そして朔也はサンドウィッチを注文することにした。

料理がやって来るのを待つ間に、敦之はランチタイム後に増えるだろうカフェメニューのチェックもしている。

「ドリンクの種類は定番だな」

朔也も気づいたことを書き残そうと、スマートフォンのメモ機能を起こし、スイーツのページを開いてみた。

「この自家製のフルーツケーキは、こだわりがあるらしいよ」

「どれ？」

向かい側から覗き込んでくる敦之に、スイーツのページがよく見えるようにメニューを傾けて向けると、なぜだかにやりと笑いかけられる。

「おまえ、いけるか？」

「えっ？」

「ランチを食べたあと、デザートも食べられるか？」

「ケーキもなんて、さすがに無理だよ」

「甘いものは好きだったろう」

「そうだけど」

せっかくだからスイーツも試すつもりになったらしい敦之に、それなら自分で食べろと反論しかけたところで、ランチプレートとサンドウィッチが運ばれてくる。

「ごゆっくりどうぞ」

セットの飲み物まで並べ終えたスタッフが、レジカウンターのほうへ行ってしまうのを確認してから、朔也はこっそりとプレートの全体を収めた写真を撮《と》った。

目で見る情報も必要だと考えたのだが、実際に報告書に添付するかは上司の判断を仰《あお》ぐつもりだ。

さっそく食べている敦之の皿のメインはチキンの香草焼きで、パンとサラダが添えられている。朔也のサンドウィッチは、ローストチキンとスライストマトに、レタスが挟まれていた。

「いただきます」

手に取ってかぶりついた朔也は、ふと感じた苦手なものの気配に動きを止めた。

メニューの写真を見ただけではわからなかった。

いま確実に口のなかにあるそれを、なんとかして飲み込もうと四苦八苦していると、いつの間にかフォークを持つ手をテーブルに置いていた敦之が、こちらをじっと見ていた。

「ピクルスが入ってたのか」

大正解なのは、さすがと言うべきだろうか。

たとえいまは疎遠になっているとしても、かつて一緒に過ごした時間は決して短くはない。

敦之は朔也の食の好みをちゃんと憶えていたようだった。

「仕方がないからそれは我慢して飲み込め。残りは全部避《よ》けていいから」

朔也は何度も頷き返し、ようやくピクルスを飲み込むと、口直しに紅茶をあおった。

「……ごめん。みっともないとこ見せた」

「いや、苦手なものは仕方がないだろ。でも、相変わらずダメなんだな、ピクルス」

励ましてくれるのは有難いが、なんだか余計に居たたまれない。

そちらはどうなのだと敦之の皿を確認してみると、サラダは半分近くまで食べ終えていて、確かそこにあったはずの薄切りピーマンはすでになくなっていた。

「敦之は、ピーマン、食べられるようになったんだ」

「ああ、まあ、これくらいならな」

昔の敦之なら、さっさと朔也の皿に押しつけていただろう、鮮やかな緑色のピーマン。

会わない間に苦手なものを克服していたのだと知って、朔也はついため息をこぼした。

「……なんだかオレだけ成長してないみたいだ」

「ピーマンが食べられるようになったなんて、自慢にもならないだろう。ほら、ピクルス食ってやるから」

こちらへよこせと、敦之は朔也の皿へフォークをのばしてくる。

「……お願いします」

情けないけれど、背に腹は代えられない。

朔也は敦之の言葉に甘えてサンドウィッチを開くと、昔もよくそうしてもらっていたように、残りのピクルスを全部取ってもらった。

初回からこんな有様ではこの先不安になると、朔也は心のなかで落ち込みながら、ピクルスの消えたサンドウィッチをどうにか全部食べ終えた。

「デザートで口直ししなくていいのか？」

先に食べ終えてコーヒーを飲んでいた敦之が、にやりと意味深に微笑む。

「大丈夫。もうお腹いっぱいです」

朔也はテーブルに置いていたスマートフォンをタップして、書き留めたメモを読み返してみた。そして微妙な顔で首を傾げる。

「……慶福」

「なんだ？」

「……食べ歩きが趣味のブログに載ってるようなことばかりなんだが、これで正解なんだろうか」

事前にネットで調べただけではわからなかった店の空気を、客の視点で感じ取る。

手応えはあったはずなのに、こうして文字にしたものを見ると、これではないような気がしてくるのだ。

ぼやっとしてうまく説明できないなりに伝えると、敦之も胸の前で腕を組んで考え込んだ。

「室生さんから、なにか指示はあったか？」

敦之の口から室生の名前がで出てきて、胸がドキッとした。

敦之に他意はないとわかっているが、いまの恋人につながる話は心臓に悪い。

今後のことを考えて、いっそのこと教えてしまおうか。それとも訊かれてもいないのにわざわざ自分から話す必要はないだろうか。

「具体的な相談をしたときに『専門家がするような緻密《ちみつ》なものは求めていない。若者の目線でとの依頼どおりに、ふたりが気づいたことを盛り込めばいい』とは言われたけど」

「それなら、ブログみたいな感想でも間違いじゃないな」

「そうかな」

「できないと思っているやつに仕事は振らないだろ。オレたちはそれに応えるだけだ」

だからいつまでも迷うなと、強い瞳に背中を押され、不安でぐらついていた朔也の心が真っ直ぐに定まった。

「そうだね、わかった。情けないグチを言ってごめん」

謝る朔也に頷き返して、敦之はちらりと時刻を確認した。

来店してからそろそろ一時間だ。

「次は明後日《あさって》だな」

予定している次のリサーチ場所と時間を確認して、ふたりは席を立った。

レジで領収書を貰い、店を出る。

店の前で別れようとしたら、敦之に引き止められた。

「車で来たから送る」

誘われて、とっさに遠慮した。

「事務所に戻るなら遠回りだろ。悪いからいいよ」

「他によるところもあるから、ついでだ。遠慮するな」

断り辛い雰囲気になって朔也は迷った。

厚意で言ってくれたことを頑なに拒むのは、社会人として失礼な場合もある。

リサーチは郊外にある店もいくつか予定しているし、車で同行する機会があるかもしれない。

今後のことを考えると、未だに敦之のことを意識していると勘違いされるのは避けたかった。

「それじゃあ、お言葉に甘えて」

朔也は頷くと、駐車場に停《と》めてあった車の助手席に座った。

エンジンをかけた敦之は、カーラジオを操作する。どのチャンネルもにぎやかな声ばかりが流れてきて、気にいるものがなかったのか、結局スイッチを切ってしまった。

「悪いな。事務所の車だからなにもなくて」

発進した車は店の駐車場を出て、まだ冬の景色が残る街をすべるように進む。

運転は丁寧で、乗り心地がよかった。

敦之の隣には数えるほどしか乗ったことがなく、当時はわからなかったが、運転がうまい室生と同じくらいに揺れが少なくて、走りがスムーズな気がする。

朔也もいちおう運転免許を持っているが、車の維持費がかかるし必要性を感じないので、通勤には電車を使っていた。

ラジオもカーステレオもついていない車内は、互いの呼吸の音も聞こえそうなほど静かだ。

カフェで向かい合っているときは、それほど意識しなかったのに、いまふたりきりでいるのだと自覚した途端に、胸の奥がざわざわして落ち着かなくなる。

敦之の存在をやけに強く感じて、いまさらながら緊張してきた。

車のエンジン音でも消せない沈黙が重くのしかかるようで、だんだんと息苦しくなってくる。暖房を効かせているので窓を大きく開けるわけにもいかず、流れる景色に意識を向けてみたけれど、少しも治まらなかった。

きっと黙っているからだめなのだ。ランチのときのように会話をしていれば間が持つし、時間も早く過ぎるはずだ。

朔也は思いつくまま適当な話題をふってみた。

「運転、うまいね」

「そうか？」

敦之は口元を小さく笑ませただけで、会話はそれで終わる。

広がらないことにがっかりしつつ、朔也は膝の上に置いていた鞄からメモを取り出すと、ランチを食べながら書き留めたページを開いた。

「オープンカフェといえば、パリのイメージが一般的だね」

「けやき並木に石畳《いしだたみ》の道って感じか」

先ほどよりは応えてくれたおかげで、少しだけ車内の空気が和らいだことにほっとしながら、朔也はまたページをめくる。

今回の企画の依頼人は、パリの有名店で修行をした経歴を持つ人気のパティシエだ。本人の名前をつけたスイーツの店は、バレンタインやクリスマスの特集には必ず取り上げられるほど、話題になっている。

そんな依頼人が新店舗《てんぽ》にと望んだのが、オープンカフェだった。

天気のいい日には、路面のオープンスペースでランチやスイーツを、夜になれば、欧風のクラシカルな店内でディナーを楽しむことができる。

もちろんテイクアウトのコーナーもあるのだが、依頼人はそこに店のカラーで統一したオリジナルの雑貨も並べて販売することを希望していた。

「……癒やしの空間など探せばどこにでもある。作りたいのは、誰かのことを考えるための空間。相手のことを思い浮かべながら、どんな味が好みだろう、いまなにが必要で、どんなものをほしがっているだろうと考えることは、楽しいに違いない……か」

依頼人はいままで、スイーツを作ることで誰かを楽しませてきたが、それだけでは満足できなくなってしまった。次なる野望は、自分が提供するもので誰かに好きな人を楽しませてもらい、楽しみの輪を広げることなのだそうだ。

だから雑貨も質のよさにこだわる。現在のところ決定しているのは、キッチン関連のグッズと食器類だが、将来的にはプレゼントにしやすいインテリアの小物や、バスルーム周辺の商品も取り扱う予定らしい。

それらにつける店名のロゴはデザイン班の担当で、リサーチとは別に広告関連の作業に加えられている朔也が直接携わることはないのだが、仕上がりがいまから楽しみだった。

「叶うといいね。クライアントの想いが」

取り出した資料に集中していると、隣で敦之が笑った気配がする。

「熱心だな」

「……それが仕事だからね」

「仕事は楽しいか？」

何気ない調子で訊かれて、朔也は資料から顔を上げた。

「もちろん楽しいよ。やりがいがあるし」

「プライベートは？」

「え？」

「恋人はいるのか？」

顔は前方を向いたまま、ちらりと視線だけを向けられて、胸がどきりとする。

先ほどはあえて自分からは言わなかったが、こうして訊かれたからには、嘘をつく必要もない。

「……いるよ」

「へえ、どんな人？」

「……なんでそんなこと訊くんだよ」

「さあ、なんでだろうな」

朔也の戸惑いに気づいているはずなのに、敦之はそしらぬ顔で質問を続けた。

「愛されてるのか？」

また一歩踏み込んできた問いに、朔也は顔をしかめた。

これは、別れても恋人だった相手のことは他人事にできず、いつまでも気になってしまうという、よくある男心なのだろうか。

自分には当てはまらないので、朔也は敦之の本心をはかりかねた。

もしも自分なら、いま敦之に恋人がいるとしても、相手がどんな人で、どんなふうにつき合っているとかまわないし、気にしない。むしろ気楽な話題にしたり、昔とは違う部分にその人の影響を感じたりするほうが嫌だった。

　敦之はいったい何を考えているのだろう。

　運転している敦之の横顔からは、うまく感情を読み取れない。

「敦之には関係ないと思うけど？」

「そうだとしても、気にはなるだろ」

　まだこちらに未練があるわけでもないだろうに、気になるなどと簡単に言わないでほしい。

　こんな話題をふってくるのも、かつて恋人だった相手の現状を大らかに受け止められるのも、いまの敦之の心が安定している証拠のように思えてくる。

　今更なのに思わせぶりなことを言う敦之に、朔也は次第に苛立《いらだ》ちを覚えた。

「……そうだよ。あの人はオレが嫌なことは絶対にしないし、いつも気遣ってくれて、甘えさせてくれる優しい人だよ」

「そうか、うまくいってるんだな」

「そりゃあもう。仕事もプライベートも、すごく充実してるよ」

　過去はとっくにふっ切れていて、めったなことでは揺らがない自分をアピールをするために、朔也はあえて話を続けた。

「そういう慶福はどうなんだよ。彼女とか」

「そんなのはいない」

それは拍子抜けするくらいに即答だった。

「ウソだろ。もてそうなのに」

「本命以外にもてても仕方がない。他のやつなんかどうでもいいからな」

「本命？」

赤信号で車を停めた敦之は、朔也のほうへと顔を向けた。

「ああ。好きなひとがいる」

いきなりじっと見つめられて、朔也はわけもなくうろたえた。

「そいつには残念なことに恋人がいるんだが、奪ってでもほしいと思うくらいに好きなんだ」

真っ直ぐな視線が朔也の胸を深々と射抜く。

それはおまえだと言われているように錯覚して、心臓がドキドキと勝手に鳴りだすけれど、そんなはずはないと頭のなかで打ち消した。

「そう……なんだ。でも、もしその人が奪われたいと思ってなかったら、どうするの」

「どうもしない。泣かせたいわけじゃないからな。我慢するしかない」

答える敦之の声が、苦しさを堪《こら》えるようにかすれていた。

敦之からこぼれた想いが朔也にも伝染《うつ》ってきたかのように、胸が苦しくなる。

いまの敦之は、我慢をすると言えるのか。

昔はもっと自分の想いに忠実で、ほしいものには迷わず手をのばす荒々しさがあった。

過ぎた時間が彼を変えたのだろうか。それとも好きな人のために自分から変わったのだろうか。

それほどの深い愛情を抱かせた、敦之の好きな人。

かつては自分の居場所だったあの胸の奥深いところにいるのは、いったいどんな人なのだろう。

興味などなかったはずなのに、気分はなぜか複雑で、朔也は訊いたことを後悔した。

やがて信号が青に変わり、走り出した車内に再び沈黙が流れる。

だがどちらからも次の話題をふるようなことはなかった。


『おいおい慶福。我儘《わがまま》もたいがいにしないと、そのうち都築に愛想をつかされるぞ』

呆れた声でそう言ったのは、友人のひとりだった。

昼休みの学校の屋上で、朔也の弁当箱から好きなおかずを横取りしていた敦之は、せっかくの忠告を鼻で笑う。

『朔也が俺に愛想をつかすって？　なんの冗談だ、それは。ありえないだろ』

『うわ、なんだよその自信。いいのか都築、あんなこと言わせといて』

『いいよな朔也。おまえからも言ってやれ』

自信に溢れた表情が眩しくて、朔也は悪戯《いたずら》をしてみたい気分になった。

『なんて言ってやればいいの？』

微笑みかけると、敦之は急に黙り込んで、ふいっと照れたように顔を背《そむ》けた。

『……そんなの、自分で考えろ』

言い方は命令形だけど、朔也にはわかる。

それは朔也なりの言葉で言ってほしいという意味だ。

またそんな言い方をしてとぼやくクラスメイトに、さて、どう伝えればいいだろう。

敦之が満足する言葉を探すのは楽しくて、朔也は想いをめぐらせた。

青空から降り注ぐ陽光はまばゆく、照らされた敦之の輪郭《りんかく》がだんだんと白くぼやけていって、姿がよく見えないせいで目を細める。

もっと見ていたいのに。

こちらから顔を背けながらも、全身で朔也の気配を探ろうとしている敦之の横顔が、目を開けていられないほどの眩しさの向こうへと消えていく。

無意識に手をのばしたところで、ふっと目が覚めた。

先ほどとは正反対の暗さのなかで、ぼんやりと目に映《うつ》るのは、見慣れた自分の部屋だった。

見ていた夢のなごりが、目尻からこめかみを伝って落ちる。

朔也はそれを指で拭った。

ぬるい雫《しずく》が、指先で乾いて冷たくなっていく。

「なんでオレ……泣いてるの」

室生とつき合い始めてからは、泣きながら目を覚ますことなど、もうなくなっていたのに。

朔也を泣かせていた原因が目の前に現れたせいで、あの頃の気持ちまで揺り起こされてしまったのだろうか。

枕元に置いていたスマートフォンをタップすると、明るくなった液晶画面が、いまの時刻は深夜の二時半だと教えてくれる。

朔也は疲れたようにため息をついた。

夜明けはまだ遠く週の半《なか》ばであることを考えれば、仕事にそなえてもう少し眠っておきたい。

けれどもこんな気持ちのままでは、また同じような夢を見てしまいそうで、なかなか目を閉じられない。

暗いなかでじっと耐えていると、だんだんとたまらなくなってきて、朔也はベッドから下りた。クローゼットを開いて手早く着替え、財布とキーケースとスマートフォンを上着のポケットに押し込んで部屋を出る。

アパートの駐輪場に停めてある自転車に乗って、朔也は住宅街の薄暗い路地を、けっこうな速さで走り抜けた。

十分もかからずにたどりついたのは、瀟洒《しょうしゃ》な五階建てのマンション。合鍵を使ってエントランスを通り抜け、エレベーターで最上階へ上がる。

勢いに任せて東の角部屋の前まで来たところで、ようやく落ち着いて考える余裕が出てきたのか、朔也のなかでためらいが生まれた。

連絡もなく訪ねていい時間ではない。家主は当然寝ているだろうし、ただの迷惑でしかない。

迷ったあげく、朔也は賭《か》けのつもりで部屋のチャイムを一度だけ鳴らしてみることにした。

そっとボタンを押して、ドアの向こうの気配に耳を澄ませる。

しばらく待ってみたが、なんの応答もなく静かなままなので、賭けは自分の負けだと諦めがついてドアに背中を向けたとき、

『……はい』

インターホンからくぐもった声が聞こえてきた。

「……ごめんなさい、オレです」

『朔也？』

声をひそめて名乗ると、すぐにドアは開いた。

「鍵、持ってるだろう？　入ってくればいいのに」

「こんな時間だから、気が引けて。起こしてしまってごめんなさい」

パジャマ姿の眠そうな顔に、罪悪感を覚えて謝ると、

「寒いから、おいで」

室生は柔らかな笑みを浮かべながら、朔也を室内へ迎え入れてくれた。

冷えたリビングはすぐには暖まらないので、熱い飲み物でも淹れようかと訊ねられる。

部屋の入り口に立ったまま首を横に振ると、手を引かれてソファまで導かれた。

リビングのなかでも存在感を放つ、クラシックの優美さと現代的なフォルムを兼ね備えた、朔也もお気に入りのソファに座ると、ほっと息をつく。

「きみにしては珍しいと思うから訊くけど、なにかあった？」

予告もなく夜中にいきなり訪ねるなど、恋人同士であれば甘い展開になりそうなものだが、反対に只事ではないと判断されたのだろう。さすがに黙ってはいられないと、並んで座った室生に顔を覗き込まれた。

真意を探るその瞳はあまりにも真剣で、朔也は落ち着きなく視線を逸らす。

「なにもない……けど」

「けど？」

「……会いたくなったから」

そうとしか言えなかった。

本当に、なにか嫌な出来事があったわけではない。昔の夢を見て、夜中に目が覚めて、ひとりでいるのがたまらなくなった。抱きしめてほしくなって、だから恋人の傍へ来てみただけなのだ。

いまの自分には、受け止めて包み込んでくれる存在がちゃんといる。それを実感したかった。

しばらく朔也の様子を見ていた室生は、緊張を解くように、大きく息を吐いた。

「そういうことにしておく」

あからさまに誤魔化されてやると言いながら、それでも室生は朔也の心を無理に暴《あば》くようなまねをせず、望むままに柔らかく抱きしめてくれた。

室生の温《ぬく》もりに包まれて、ようやく朔也の身体から、ほっと力が抜ける。

「ごめんなさい。明日も仕事なのに」

「いや、ちょうどよかった」

「え？」

「このところ忙しくて、ゆっくりデートする時間もなかったからな。いいかげん朔也を抱きしめたいと焦《じ》れていたところだ」

朔也の気持ちが楽になるよう、わざとそう言ってくれるのだろう。その気遣いが素直に嬉しい。

「室生さんの気持ちが、オレまで届いたのかな」

「そうかもしれない」

頬を押しつけた広い胸が軽く揺れて、室生が笑っているのが伝わってきた。

あやすように背中を撫でられていると安心する。

ずっとこのままでいたい気持ちになる。

目を閉じると、そのまま深く眠ってしまいそうな心地よさだった。

「朔也」

「うん？」

「以前から話そうと思っていたんだが、合同企画が本格的に忙しくなる前に、ちょっとした休みをとって旅行へ行かないか？」

「旅行？」

朔也は身じろぎして室生の顔を見上げた。

つき合い始めて二年たらずだが、旅行の提案を受けたのは初めてだ。

「できることならヨーロッパあたりをのんびりと見て回りたいところだが……」

ヨーロッパへ行くのなら、せめて八日間くらいの休日は確保したいところだ。

「室生さん、そんなに長いお休みを貰えるんですか？」

「まあ、無理だろうな」

室生は多忙さに追われて消化していない有給をかなり残しているが、立場上連休はなかなか取り辛い。しかも同じ部署に所属している朔也も同時にとなると、難易度はますます上がる。

「だから、確保できた日数で行き先を決めるのはどうだ？」

「そうですね、それいいかも。ちょっと長めに貰えたらハワイの海でのんびり、とか。短かったら近場の温泉につかってのんびり、とか」

「のんびりするばかりでいいのか？」

「いいよ」

「俺より若者のくせにおまえ、淡白《たんぱく》だな」

デザインの勉強をかねた刺激のある観光もできるし、まだ体験したことのないマリンスポーツや、アウトドアを楽しめるプランもあるのにと、室生は呆れたように笑う。

どうやら室生としては少々物足りないようだ。

ふたりだけでのんびりと過ごせるのは、なかなかに贅沢《ぜいたく》なことだと思うのだが。

朔也は甘えるように、ぎゅっと室生にしがみついた。

「いいんです。ずっと室生さんのことだけ考えていられるから」

「……朔也」

すると室生はなにかを堪えるような深いため息をこぼしながら、しがみつく朔也を腕に抱え、いきなり立ち上がった。そして真っ直ぐに寝室へ向かう。

「室生さんっ？」

朔也は、まだ室生の温もりが残っている広いベッドの上に下ろされた。

「明日も仕事だからな。そろそろ寝よう」

寄りそった身体からは欲望の兆《きざ》しを感じるのに、室生は朔也の身体に手早く毛布をかけてしまう。

「おやすみ」

「室生さん……」

確かに明日も出勤だが、したいのであれば気遣いは無用だと言おうとした唇を、軽いキスでふさがれた。

「気持ちは嬉しいが、時間がたりない。だから楽しみは週末までとっておくよ。だからおやすみ」

毛布のなかで朔也の腰をゆるく抱えて、室生は目を閉じた。

本当に平気なのかと、なんだか落ち着かなかった朔也も、大らかな温もりに包まれているうちに、自然と身体から力が抜けていく。

同じように目を閉じながら、朔也はぼんやりと思った。

大丈夫だ。この優しい腕のなかまでは、過去の悲しい夢は入ってこない。

「おやすみなさい、室生さん」

小さく呟くと、それに応えるように、腰を抱いた室生の腕に、きゅっと一度だけ力がこもった。


それから翌週の午後。朔也はデザイン室のデスクにある自分用のパソコンから、敦之宛にメールを送った。

内容は『作業効率の向上を考え、残っているリサーチ予定の店を平等に分担して、それぞれが得た情報を持ち寄ってまとめよう』というものだ。

必ずしもふたり揃って動かないとできない仕事でもないというのは言い訳だが、いまは敦之を避けたい気持ちが強い。

敦之からの返信はすぐに届いた。とりあえず相談したいので、今夜にも夕食をかねたミーティングをしたいと書いてあった。

メールを読んだときは躊躇《ちゅうちょ》したが、確かにそれぞれの担当分の割りふりや今後の日程など、決めなければならないことはある。

相談はメールや電話でも済ませられるだろうが、それでは無責任なようで気が引けた。どちらにしろ一度は会うことになると思っていたので、朔也は承諾《しょうだく》の返事を送った。

仕事を終え、指定された店へ行くと、そこは意外なことに中華料理店だった。

ふたりで外食といえば、手軽なファーストフードかファミレスへ行くことが多かったので、今回もそうなのだろうと自然に考えていた。

バイト代をやりくりしていた大学生のころとは、もう違う。

仕事がらみでこういう店を利用するようになったのかと、感慨深い想いを抱きつつ、すでに到着して店の前にいた敦之と合流した。

客層は家族連れが多めの、丸テーブルが並ぶ店内へと入る。

「ご案内いたします」

予約をしてあったようで、店員の先導で、ふたりはフロアの奥にある個室へと通された。

「慶福っ」

「なんだ？」

「ミーティングをするんだろ？　なんで個室？」

「そのほうが話しやすい。おおっぴらにできるものでもないしな」

敦之からは冷静な答えが返ってきた。

確かにそうだが、これでは明らかに食事がメインのような気がする。

納得がいかない気分だったが、店に入ってしまったからには仕方がないので、朔也はとりあえず席に座った。

チャイナ服をアレンジした制服の店員にメニューを渡されるが、朔也が開いてなかを見る前に、敦之がコースメニューを頼んでしまう。

「ミーティングなのに中華料理店って、オレはあまり経験がないんだけど」

「うちの事務所ではわりと使うぞ。ほどよくにぎわっていて、個室があって話しやすい。それに……」

「それに？」

「好きだろう、中華」

むしろそちらが主な理由だとでも言いたそうな顔で、敦之はこともなげに答えた。

相変わらずの強引ぶりに、朔也は思わず苦笑を浮かべる。

店も料理も、相手の意思を確認しないで決めるなど傲慢《ごうまん》だと思われがちだが、それは誤解で、敦之なりの気遣いなのだ。コースにしたのも、朔也が好きな料理がいくつも含まれているので、まとめて頼めばいい。そう考えただけなのだ。

室生と比べると不器用でわかりにくい優しさだが、それを嬉しいと感じていた頃もあった。朔也の胸に懐かしさが込み上げて、せつない気持ちになる。

「……ありがとう」

お礼を言うのも変だが、他になんと言えばいいのかわからなくて朔也はうつむいた。

先に届いた烏龍茶《ウーロン》を飲みながら待っていると、やがて次々と料理の皿が運ばれてくる。

ふたりぶんずつ小皿に取り分けていると、敦之も同様に別の料理を取ってくれる。しかも朔也の好物《こうぶつ》は量を多めにして。

朔也は驚いて、その様子を、つい手を止めて見つめた。

昔は朔也に任せてばかりだったのに、いまの敦之はそんなことまでしてくれるのか。

あの頃と変わったところ。変わらないところ。

朔也のなかの敦之の印象が、また少し変化する。

テーブルを挟んで向かい合い、おいしい料理を食べていると次第に空気が和むが、今夜の目的はあくまでも仕事だった。

料理を半分ほど食べ進めたところで、朔也はメールに書いたことと同じ内容を切り出した。

「……あまり時間もないし、分担したほうが効率がいいと思う。オレはこの仕事を優先できるから、なんなら報告書の仕上げまで任せてくれても大丈夫だよ」

途中から箸を置いて聞いていた敦之は、朔也が話し終えると、苦い笑みを浮かべた。

「確かに、効率はいいだろうな。ふたりに任された仕事だが、ふたり揃ってやれとは言われていない。都築の提案は正しいんだろう」

言葉では賛成してくれているようなのに、敦之は寂しそうな顔をしていた。

「なあ、都築。俺と会うのは苦痛か？」

「えっ？」

「昔の男と仕事するのは、やりにくくて嫌か？」

今までにない直接的な言いかたに、朔也の心臓がどくんと音を立てる。

パーティで再会したあの夜も、リサーチのために訪れたカフェでも、敦之はふたりの過去を蒸し返すようなあからさまなことは言わなかった。

それが今になって『昔の男』ときたのだ。

敦之の口が紡《つむ》いだそれは、みょうな生々しさを持って朔也の耳をくすぐった。

「……なに言ってるんだよ。そんなこと……あるはずないだろ」

平然と笑い返したかったのに、朔也の声はだんだんと小さくなっていく。

仕事に私情を持ち込まないと決めてから、何度も自分自身に確認してきた。

敦之にはなんの未練もない。色恋の意味で意識しているわけではない。

今の自分にとって大切なのは室生で、再会した過去の男ではない。

それで間違いないはずなのに、敦之の傍にいると、なぜか平静ではいられなくなる。

「そんなこと、仕事に持ち込むわけにはいかないだろ」

「俺が聞きたいのはそんな建前じゃなくて、おまえの本音だ」

はぐらかすなと、真っ直ぐな強い視線を向けられて、朔也はどこにも逃げ場がないことを悟った。

仕方がないと、諦める他にないのだろうか。

認めたくないけれど、未だに夢に見てしまうくらいに忘れられないことも。

敦之とのことを、過去にはできていないことも。

恋することに疲れて別れを決めたけれど、嫌いになったわけではなかったことも、全部。

朔也は膝の上に置いていた手のひらを、ぐっとにぎりしめた。

「確かに、そう綺麗《きれい》にはわりきれていないし、やりにくいのも本当だよ。でもやるしかないと思ってる。ちゃんと仕事がしたいんだ。クライアントと、オレを信じて任せてくれた室長と、自分自身のためにも」

それは紛れもない朔也の本心だった。

「慶福もそうだろう？　いい結果をだしたいから、リサーチに直接関係がないのに、オープンカフェ発祥《はっしょう》の地と言われるパリのカフェの歴史まで調べたんだろう？」

敦之がくれた資料のなかには、山塊《さんかい》地方から出稼ぎに来ていた水の運び屋が、時代の流れと共に炭屋を始め、自らの楽しみのためにワインも扱うようになったのがカフェの始まりだという説が紹介された文献もあった。

「……ああ、そうだな」

敦之は軽く頷くと、なにか眩しいものを見るように目を細めた。

「おまえ、逞《たくま》しくなったな」

「え？」

「いまのおまえだったら、あんなふうに離れていくことはなかったのかもしれない」

敦之は静かに目を伏せる。

それはまるで過去を悔やんでいるようにも聞こえて、朔也はうろたえた。しかもさらっと聞き流せないことを言われた気がする。

離れていったのは敦之のほうだ。

間違いを正そうと反論を口にしようとしたが、

「だがこうしてまた会えたんだ。俺は、同じ過《あやま》ちは二度とくり返さない」

強い口調に遮《さえぎ》られて、機会を逃す。

普段はそれほど饒舌《じょうぜつ》ではないくせに、離れるとか過ちとか、意味深なことを立て続けに言われて朔也は困惑《こんわく》した。

「それは、どういう意味？」

「言葉どおりの意味だ。時間が流れたいまだからこそ、わかることがある。それを踏まえて俺は、おまえと新しい関係を築いていきたい。あの別れは、これからの俺たちには必要だったのだと思えるような未来にしたい」

意志のこもった揺るぎないまなざしが、真っ直ぐに朔也に向けられる。それは昔、朔也を熱く求めていた頃と同じで、敦之の言葉を信じさせるだけの力があった。

「……慶福」

一度は壊れてしまったふたりでも、新しい関係を始めることができるのだろうか。夢に見て涙がこぼれるような過去も、優しいものに変わるだろうか。

「そううまくいくかな」

「都築も望んでくれたなら、きっと」

敦之は信じているようだった。

「……そうだね」

過去に起こった苦い出来事は、そっと胸の奥にしまって、これからはよき仕事相手として接していけたらいいと思う。

「そういうことでだ、まずはこの仕事を完璧にやり遂《と》げるぞ。分担するのはかまわないが、そちらが集めた情報もきちんと把握しておきたい。場合によってはいつでもフォローし合えるように、連絡はこまめに行うこと。それでどうだ？」

敦之の提案は納得できる内容だったので、朔也は頷いた。

「わかった。そうしよう」

承知すると、敦之がほっとした気配が伝わってくる。

結局のところ、最後は敦之のペースに乗せられてしまうのは、変わらないのかもしれない。

けれど嫌な気分にはならない。

敦之と再会してようやく、朔也は穏やかな気持ちにひたれたのだった。

数日後の、よく晴れた週末の昼どき。

朔也は郊外にある落ち着いた雰囲気のカフェで、室生とランチを食べていた。

「ごめんなさい。せっかくの休日なのに、仕事につき合わせてしまって」

「かまわないさ。ドライブのついでに車を出そうと言ったのは俺だ」

ここはリサーチの候補には入っていないが、ネットで見つけて個人的に気になっていた店だ。距離があるため連れてきてもらえてよかったのだが。

「ここはオープンカフェというより、テラス席が広いレストランですね」

朔也が期待していたのとは、少しばかり様子が違っていた。

けれども市街地から外れているおかげで緑も多く、さやさやと揺れる葉音が耳に心地いい。吹く風はまだひんやりしているけれど、室内に逃げ込みたくなるほどではない。

ランチメニューのＢＬＴサンドは奇を衒《てら》ったところもなく、定番ではあるがとてもおいしくて、充分に食欲が満たされた。

ただこの店の主力はアフタヌーンティーらしく、スイーツのメニューのほうがだんぜん多い。

「室生さん、追加でこのアフタヌーンティーのセットを頼んだら、一緒に食べてくれます？」

三段になったプレートに、ミニケーキやスコーンやサンドウィッチが載っているメニューの写真を見せながら訊ねると、程よく満腹なのは室生も同じだったようで、

「できれば勘弁《かんべん》してくれ」

本当に困った顔になった。

無理もない。室生が一度に食べられる甘味の量は、ショートケーキ一個分が限界なのだ。

「……ですよね。仕方がないから、これでリサーチは終了。目的をデートに変更します」

朔也は悪戯っぽく宣言して情報収集を切り上げると、持参していた雑誌をテーブルの上に広げた。

「情報誌か？」

「春の旅行を特集してたから買ってみたんです。室生さんと一緒に見ようと思って」

以前話題に上がった旅行の件は、なんとか確保できた休みの日数から、近場の温泉でのんびり過ごすことに決まっていた。

ふたりで他愛もないことを言い合いながら、特集の記事を熱心に眺める。けれどページをぱらぱらとめくるうちに、朔也はため息をこぼした。

「お花見の名所ばっかりですね」

「まあ、シーズンだからな。でも花見も温泉も楽しめる宿があるじゃないか」

確かに、気を取り直すように室生が示した名所には、露天風呂から見られる桜が人気だと煽《あお》り文句がついていた。

だがいまから動いて部屋が取れるだろうか。

春にこだわらずに温泉を特集した情報誌も買ってみようかと呟きながら、次のページをめくった朔也の手が、ふと止まった。

「あ、このお祭り……」

「夜桜祭りか」

紹介されていたのは、とある地方の春祭りだった。

なんでもその町は東西に古いお社《やしろ》があり、ふたつをつなぐ遊歩道には桜の木が植えられているのだそうだ。桜が満開になると一夜だけ並木沿いにかがり火が焚《た》かれ、美しくも幽玄《ゆうげん》な雰囲気のなか、遊歩道を歩いて通り抜ける祭りが催されるという。

「でもこのお祭りが人気なのは、夜桜の美しさだけじゃないって知ってますか？」

「……というと？」

「かがり火の夜に、想い合う者同士が別々のお社から出発して並木道を歩くんです。反対側のお社にたどりつくまでに、人ごみの中から相手を見つけることができれば、ふたりは末永く幸せになれる。想う相手がいなくても、その夜にめぐり会えた相手とは良縁で、同じく幸せになれると言われているそうです」

だから祭りの当日は、まじないめいた話やイベントが好きな年頃の恋人たちと、出会いを求める者たち、それに桜が目的の人も加わって、毎年たいそうな人出になるのだった。

「よく知ってるな」

「……詳しい友人がいたんです」

教えてくれたのは敦之だった。彼の親戚《しんせき》がこの地方に住んでいて、幼い頃に何度か行ったことがあるのだと言っていた。

炎に照らされてぼんやりと闇《やみ》にうかぶ満開の桜は本当に見事で、おまえにも見せてやりたいと何度も話してくれた。

つられて余計な記憶までがよみがえる。

朔也は敦之と桜を見るはずだった。人ごみの中でもめぐり会えるかどうか試してみようと、開催日に合わせてふたりぶんの列車と宿の手配をし、その日を楽しみに待っていた。

けれども結局、その約束は果たされなかった。

旅立つ当日、敦之は別の友達の急用を優先してどこかへ行ってしまい、手配したものはすべて無駄になってしまった。

敦之に別れを告げる決心をする直接のきっかけになった出来事で、もう三年も前の苦い思い出だ。

「行ってみるか？」

「えっ？」

「どんな人ごみの中からでも、必ず朔也を見つけてやるから。一緒に行こう」

「室生さん……」

敦之と行けなかった約束の場所に、室生と行く。

かがり火が照らす桜並木の道で無事に室生とめぐり会うことができたなら、ふたりは恋人として末永く幸せになれるだろうか。神様のお墨付《すみつ》きを貰ったと思ってもいいだろうか。

じっと室生を見つめながら、朔也が賛成の返事をしようとした、そのとき。

「都築と室生さん、こんにちは」

聞き憶えのある声がふたりの間に割り込んできた。

振り返ると、さっきまで苦い思い出のなかにいた男が、成長した姿でそこに立っている。

「……敦之！」

とっさに名字ではなく名前を呼んだことにも気づかないほど、思いがけない出来事に朔也は驚いていた。

テラス席へ出て来たばかりの敦之は、案内してきたスタッフから離れ、朔也たちのいるテーブルへと近づいて来る。

「ここで会うとは思わなかった」

「あ……うん」

「やあ慶福くん。奇遇だね」

「室生さんもご一緒とは。週末なのに仕事ですか？」

明るい陽射しのなかで愛想よく微笑む敦之は、さわやかな好青年そのものだ。

ボアつきの黒いジャケットにジーンズ姿も新鮮で、スーツのときとはまた違った存在感がある。

「そんなところだよ。きみはひとりかい？」

「ええ。個人的に気になる店だったので、気晴らしもかねて」

「こちらも同じだよ。それで会ってしまうんだから、すごい偶然だな」

「そうでしたか」

和やかに会話をするふたりの傍で、朔也はまだ驚きから抜け出せないでいた。

夜桜祭りの苦い記憶など思い出したりするからだ。またそんなときに現われる敦之も、ずいぶんと間が悪い。

「そういうことなら、一緒にどうだい？」

「え？　室生さん!?」

なにを言い出すのかと、朔也はとっさに室生を見つめた。

「目的は同じだろう」

たいしたことでもないように答える室生の真意がわからない。

敦之は一瞬迷ったようだが、合同企画では上役に当たる室生の誘いを無下《むげ》にはできないのだろう。

「では、お邪魔します」

丸いテーブルの空いている席に座った。

かつて恋人だった敦之と、現在の恋人である室生が、同じテーブルに揃う。

神様の悪戯のような成り行きに、朔也は早くも居たたまれない気分になっていた。

なにも知らない敦之と、事情を知っている室生。立場は違っても、気遣いが必要なのはどちらも同じだ。

「……夜桜祭り」

テーブルに広げたままだった雑誌に気づいたらしい敦之の呟きが聞こえて、朔也はとっさにページを閉じた。この祭りには触れてほしくない。思い出すにはまだ苦味が伴うと痛感したばかりなので、軽々しく話題にしてほしくなかった。

代わりにメニューをさし出して意識を逸らし、

「オレはランチのＢＬＴサンドを食べたから、慶福はアフタヌーンティーのセットを試してみるといいよ」

何事もなかったように勧めると、敦之は小さく唸った。

「昼食にケーキを食えと……？」

「お店のイチ押しだそうだよ。せっかくだしね」

受け取ったメニューを眺めて、敦之はしばらく考え込んでいたが、

「悪い。腹が減ってるんだ。甘味は勘弁してくれ」

結局、ローストビーフのサンドセットを選んだ。スタッフに注文する際には、すでにランチを食べ終えた朔也たちを気遣ってくれる。

「おふたりは、コーヒーのおかわりはいかがですか？　このあたりとか、都築が好きそうだ」

「都築がコーヒー好きとは知らなかったな」

「いえ、学生の頃、ちょっとハマってた時期があっただけで……」

敦之と暮らし始めた頃の話だ。専門店で選んだ豆を購入し、敦之をつき合わせて、いろいろと飲み比べてみるのが唯一の贅沢だった。

室生が知らなかったのも無理はない。

いまにして思えば、楽しかったのは敦之とコーヒーを飲む時間そのものだったのだ。だから別れてからは自然と飲み比べもしなくなり、決まった豆ばかりを買い続けている。

そして敦之がそんな現状を知らないのも、また無理はないのだった。

コーヒーも頼んでしまうと、三人の間には控えめな音量のＢＧＭが流れるだけになる。

共通の話題など仕事のことしかなく、だがここで持ちだすのも無粋《ぶすい》な気がしてあれこれ考えていると、室生が先に動いた。

「せっかくの休日なのにひとりなんて、彼女は忙しいのかい？」

いきなりの立ち入った質問に、朔也は耳を疑った。わざわざそんな話題を選んだ、室生の本意がわからない。

しかも敦之のほうも平然と答えるのだから驚きだ。

「あいにくと片思いなので」

「失礼。てっきり誰かいるものだと思ったから」

「かまいませんよ」

「オレも上司と来てるんだから、慶福のこと言えないですよ、室生さん」

言ってから敦之のフォローをしたようにも受け取れることに気づいて、室生の反応を窺った。

「遠出をすると聞けば仕方がないだろう。都築に運転させるくらいなら、運転手をしてやるほうがずっと安心だ」

「慶福、室生さんはオレが学生でバイトをしていた頃からお世話になってるから、上司というより友人に近くて、未だに保護者目線なんだ。呆れるだろ」

今度は敦之に向かって言う。成人した男を相手に保護者設定は苦しかったかと、すぐに後悔したがもう遅い。

「都築が相手だと、過保護になる気持ちはわかる。諦めるんだな」

けれど敦之は疑問にも思わなかったようで、想像を上回る反応を返してきた。

「きみもそうだったように言うね」

「まあ、長いつき合いですから」

敦之と室生は、朔也を挟んでニヤリと笑い合う。

どうしてそこで笑うのだろう。もしかしてこのふたりは意外と気が合ったりするのだろうか。

敦之が注文したローストビーフのサンドセットもまだ来ていないのに、朔也はすでに帰りたい気持ちになっていた。しかも……。

「しかし、きみのような男が片思いとはね。そんなに難しい相手なのかい？」

室生はさらに話を深い方向へと進めていく。

いつもはそんなことをする人ではないし、当たり障《さわ》りのない会話も得意なのに。

室生ほどの男でも、やはり恋人の昔の男を前にすると、対応が違ってくるのだろうか。

「室生さん、事情は人それぞれですよ」

初めて見る室生の一面に戸惑いつつ、朔也は敦之の逃げ道を作ったつもりだった。それなのに、

「慎重に気持ちを探っているところです。自分勝手をして、失敗した経験があるので」

敦之は曖昧《あいまい》に逃げることなく、答えを返してきた。

失敗をした経験とは、自分とのことをさしているのだろう。

これから新しい関係を築いていきたいと言われ、朔也もそれに同意して、円満に心の整理をつけたつもりでいたが、さすがに失敗という言葉は胸に刺さった。

敦之のなかであの恋は失敗だと位置づけられているのだと考えると、頭から指先まで、ひやりと冷たくなっていくような気がする。

「……なるほど。それは慎重にもなるね」

「ええ。今度は絶対に間違えたくないんですよ」

その言葉には、強い決意が宿っていた。

敦之は自分との失敗を糧《かて》にして、いま想う相手との未来をその手につかもうとしているのか。

とにかく強引で真っすぐで、でも繊細で心優しい。朔也がたまらなく好きだった姿をひた隠しにしてでも望む相手とは、いったいどんな人なのだろう。

目の前にいる敦之が、次第に全然知らない男のように思えてきて、朔也は淋しさを感じた。

運ばれてきた熱いコーヒーカップに手を添えても、指先の温度はなかなか元に戻らない。

朔也はふるりと震えて身体を縮こまらせた。

「寒いのか？　都築」

気づいた室生が気遣うような表情を向けてくれて、ほっとしたおかげか、少しずつ温もりが戻ってくる。

「やっぱりテラス席に長居するには、ちょっと季節が早いですね」

「そうだな。慶福くんには悪いが、これを飲んだら先に失礼させてもらおう」

「いえ、お気遣いなく」

室生の提案に頷き返した敦之は、朔也の上でひたりと視線を止めた。

「風邪をひくなよ」

「……ありがとう。気をつけるよ」

熱いコーヒーを飲み干すと、身体の内側からほっこりと温まる。それなのに胸の深いところがいつまでも冷たいままのような気がして仕方がなかった。


「ずいぶんと疲れたようだな」

「……まあ、そうですね」

車のシートに深くもたれていた朔也は、虚勢《きょせい》を張ることもできず頷いた。

レストランからの帰り道。

室生が運転する車の助手席で、ただ後ろへ流れていく景色を眺め続ける。

「怒ってるのか？」

「いいえ。でもまさか、室生さんが相席を勧めるとは思いませんでした」

「知らない相手でもないのに、避けるほうが不自然だと考えたからなんだが」

確かにそうだろう。室生の判断は大人としてきっと正しい。

けれども朔也の中には、すっきりとしない気持ちが残っている。

「前から訊いてみたかったんですけど」

「なんだ？」

「室生さんは、オレが慶福とふたりで会うことについて、どう思ってるんですか？　仕事だから許せるんですか？　それとも過去のことは気にならないんですか？」

いままでなんとなく確かめられずにいた。

室生は朔也と違って自制心のある大人だから、こんなことでは動じないと考えていたせいもある。

だが先ほどの室生はいつもとどこか様子が違っていた。

答えを待っていると、赤信号で車を停止させた室生が、朔也のほうへ顔を向けた。

「言いたりないって顔をしているな。この際だ。全部言ってごらん」

訊いたのはこちらなのに、質問で返すのは狡いと思う。

「……それなら、お言葉に甘えて言っちゃいますけど、室生さんがなにも言わないのはどうしてですか？　室生さんには言う権利があるのに。過去のことでいちいち動揺するなとか、そういう態度をされると気分がよくないとか、おもしろくないとか、少しくらいはありますよね？　オレが我慢させてるんですか？」

心の片隅にあったものを、まるで吐き出すみたいに言うと、室生は苦笑した。

「かえって不安にさせたか。悪かったな。気づいてやれなくて」

運転席からのびてきた手が、宥《なだ》めるように髪を撫でる。その優しい手を朔也はつかんで止めた。

「そうじゃなくてっ」

「妬《や》いてるよ。でも言ってどうする。きみを困らせるだけだとわかってるのに」

「室生さん……」

室生のほうこそ困ったような顔をするから、朔也の胸がぎゅっと締め付けられる。

「きみが俺になにを話し、打ち明け、なにを秘めるのかは、すべてきみの自由だ。俺は黙って受け止めよう。そう思えるくらいには、信じているんだよ」

「信じてる……？」

「俺は常に、きみが安らげる存在でありたい。最初にそう言っただろう？　どこかで過去に惑わされたとしても、ちゃんと俺の腕のなかに帰ってきてくれれば、それでいい」

　初めて告白されたときからずっと、室生はその言葉を態度で示し続けてくれる。

　そうだ。自分も同じように室生を信じよう。

　いつでも飛び込めるように腕を広げて待っていてくれる、そんな寛容《かんよう》で優しい恋人のことを。

　信号が青に変わり、再び車を発進させながら、室生は話を続けた。

「俺も、前から話したかったことがあるんだが、聞いてくれるか」

「もちろん。この際ですからなんでも言ってください」

「次の週末も、家に来ないか？」

　わざわざ前置きをしたわりには簡単な内容だったので、朔也は面食らう。

「それは……かまいませんけど」

「その次の週末も」

「二週続けてですか？　まあ、他に用がなければ問題ないですけど」

　頭のなかでスケジュールを確認しながらそう答えると、室生が、ふっと口元をゆるめた。

「その次も、そのまた次も、週末ごとに俺の家で過ごしてみて、朔也がいつか、そうしてもいいと思えたら、越してこないか？」

「越すって……どこに？」

「俺の家に。一緒に暮らそうって言ってるんだよ」

朔也は目を丸くして固まった。

室生がふたりのこれからについて、同居を具体的に考えているとは驚きだった。

すでに自分なりの生活パターンができ上がっている大人の男だから、あえてそれを崩すようなまねはしたがらないだろうと思っていたし、恋人をいつも傍に置いておきたいと望むタイプでもないように感じていたからだ。

それに周囲に秘密を増やすということは、面倒も増えるということだ。

諸々《もろもろ》のことを承知したうえで、室生は自分と暮らすことを望んでくれているのだろうか。

「本気ですか？」

「もちろん」

「勢いで始めていいものじゃないですよ」

「熟考を重ねたうえで出した結論だ。俺は君と一緒に暮らしたい」

「同居は……」

正直なところ、朔也にはいまの距離感がちょうどよかった。

毎日のように職場で顔を合わせるけれど、互いに仕事優先で、上司と部下という緊張感がある。

その代わり休日には、遠慮なく恋人らしい時間をふたりで楽しむ。

少し物足りなくなれば、仕事が終わったあとに時間を作って貰って、朝になるまでひとり占めして愛情を充電することだってできる。

「……家も職場も同じで、そんなに一緒にいたら、そのうちオレのこと飽きてしまいますよ？」

「朔也は俺のことを、そんなに薄情な男だと思ってるのか」

冗談みたいな返事で逃げたのは、前向きに受け止められなかったからだ。

同居に関する苦い経験は、敦之と再会し、話し合えたことでずいぶんと和らいできたが、まったく平気になったわけではない。

室生と同居して、また前と同じようなことになれば、もっと辛い思いをすることになるだろう。

表情を曇らせた朔也の胸のうちを敏感に察してくれたのか、室生は、膝の上に置いていた朔也の手を優しく握ってくれた。

「返事は急がないよ。気が済むまで確かめてくれていい。君が俺の気持ちを受け入れてくれたあのときと同じように、ゆっくり考えるといい。焦らなくていいから」

室生の手のひらの温もりが、じんわりとしみ込んでくるようだ。

その温もりのような室生の優しさに、朔也は小さく頷いていた。

「……はい。考えてみます」

室生は敦之ではない。だから同じ結果になるとは限らない。

一歩先へ進んだ関係へ踏み出す勇気は室生がくれるというなら、自分は信じてついて行くだけだ。

朔也の返事にひとまず満足したのか、室生も満更《まんざら》でもないような甘い顔をして微笑んだ。

「ありがとう。それから旅行の話だが、手配しておいてかまわないか？　桜並木の道を歩いて、地元のうまいものを食べて、ゆっくり温泉につかろう」

「……ですね。旅行、楽しみにしてます」

桜祭りの夜に、神様にお墨付きを貰いに行こう。

それはきっと、室生との穏やかな時間を続けていくための力になる。

三年前に守られなかった約束を室生に叶えてもらって、ようやく自分は、本当の意味で敦之との恋を過去のものにできるのかもしれないと思った。


カフェのリサーチ作業は大詰めを迎えていた。それぞれ分担して集めた情報は、この二週間でそれなりの量になり、デザイン会社まで出向いてくれた敦之とミーティングルームにこもって、手分けして報告書に仕上げていく。

このまま順調に進めば、今日中には仕上がりそうな勢いだった。

きりのいいところまで進めた朔也は、ひと息つこうと席を立ち、保温ポットからコーヒーをカップに注ぐ。ついでに淹れた敦之のぶんは、資料やメモが散らばっている机の隅に、邪魔にならないように置いた。

「コーヒー、ここに置くから」

「ああ。ありがとう」

自分のディスプレイの前に戻り、熱いコーヒーを飲みながら資料を見比べていると、

「都築」

唐突に名前を呼ばれる。

「なに？」

「今夜、食事に行かないか？　作業終了のうちあげをかねて」

「今夜？」

朔也は見ていた資料から顔を上げた。

今日は金曜日なので、仕事が終われば室生の部屋へ行くことになっている。いったん自宅へ戻って荷物を運び、約束した同居のお試しを始めるためだ。

もちろん友人や同僚と食事や飲みに行くのに問題はない。そう連絡すればいい。相手が敦之だとしても、きっと室生は文句を言わないだろう。

けれども室生を部屋でひとり待たせたまま、敦之とふたりきりで食事をする気にはなれなかった。やましさからではなく、どちらを優先すべきか決まっているからだ。

「ごめん。今夜は都合が悪いから、またそのうちに」

「そうか、なら都合がいい日に誘ってくれ。俺はいつでもかまわないから。待ってる」

敦之は穏やかな声で言った。

彼は本当に変わったと思う。

朔也が知る敦之は、朔也のことに関しては少しも我慢ができない男だった。愛されている証拠のようで嬉しかったものだが、もう昔のことなのか。

朔也はふいに寂しさに襲われた。

胸に広がるこれは、感傷だろうか。

自分ではない誰かが、敦之をこんなふうに変えたと、自分が憶えている敦之はもういないのだと知るたびに、何度も胸に迫る寂しさのようなもの。

いまそこにいる敦之のほうが当たり前になったら、そのうち平気になるだろうかと、朔也はそっと目を伏せた。

「うちあげで食事に行くのはいいけど、誘いたい相手は他にいるだろう？　オレも恋人と約束があるからいろいろと忙しいし」

「室生さんとか」

　確信じみた声が大事な秘密を言い当てた。

　弾《はじ》かれたように顔を上げると、敦之が不機嫌そうに眉《まゆ》をひそめている。

「やっぱりそうか」

「……どうしてわかった？」

「わかるさ。かつては俺のものだったやつのことだ」

　目線ひとつ、しぐさや声の調子でわかってしまう。それほど近くにいたのだ。

　そう言われてしまえば、とぼけることも誤魔化すこともできない。

「平日の夜もだめか？　ずっと室生さんの約束が優先なのか？」

　再会してからほとんど見せなかった強気の姿勢に、朔也は戸惑った。

「……そういうわけじゃないけど」

「ならどうなんだ」

　澄みきって静かでいながら、その奥に熱量を秘めた瞳が、じりじりと朔也を追い詰める。

　あくまで我《が》を通そうとする強気のその態度は、まるで昔の敦之のようだ。

先ほどは変わってしまったことに寂しさを覚えたというのに、いったいどちらが本当の敦之なのだろう。

戸惑いは次第に苛立ちへと変わり、朔也はあからさまなため息をついた。

「ああそうだよ。オレはいつだって恋人を最優先するよ。そんなことは、お前が一番よく知ってるだろう？」

かつて自分も経験したことだからわかるだろうと皮肉を込めて返すと、敦之は途端に真顔《まがお》になって黙り込んだ。

どうやらショックを受けている様子に、さすがに朔也も失言だったと決まりが悪くなる。

敦之に振り回されっぱなしの気持ちを落ち着かせようと、胸をおさえて深呼吸してから、まずは謝ることにした。

「慶福、ごめん。余計なことを言った」

「……いや、俺も少し強引だった。悪い」

表情は強張ったままだが、返事をしてくれたことに、ひとまずほっとする。

「それに食事も、今夜は本当に予定があるんだ。実は、室生さんとの同居話があって、それで……」

「同居!?　一緒に暮らすのか？」

真顔から一転して、敦之は驚きに目を見張っていた。

「いずれはそうなると思う。ああでも、仕事中にする話題じゃなかったかも。ごめん。頭を冷やすついでに冷たい飲み物でも買ってくるよ」

「都築っ」

席を立った朔也は、廊下へ続くドアに向かった。けれども追ってきた敦之に腕をつかまれ、強い力で後ろへ引かれて足元がよろける。

「……っ！」

倒れかけた背中から敦之の広い胸板に受け止められ、反動で上向いた顎を指でつかまれたかと思うと、素早く唇を奪われていた。

「はな……っ、ん…っ」

抗おうにもうなじを強く押さえられていて、身動きもできない。

弱いところを知り尽くしている男のキスに翻弄されて、頭の芯がクラクラする。拒まなければいけないのに、きつく舌を絡《から》められると身体から力が抜けてしまう。

ようやく唇が離れたときには、すっかり息が上がっていた。

「なんで……こんなこと……」

濡れた唇を押さえる手が、震えて止まらない。しかも悔しいことに、敦之の腕が腰を支えてくれないと、その場に崩れそうなほど足元も危《あや》うくなっていた。

「わからないか？」

「わからないから訊いてるんだろっ」

「したかったからだ」

傲慢に響いた答えに、朔也のなかで、堪えていたなにかが弾けた。

「おまえなに考えてんの!?　したけりゃなんでもしていいと本気で思ってんの？　大人になって変わったと思ってたのに、やりたい放題なところは昔のまんまじゃないか。だからついていけなくなったんだって、なんでわかんないんだよっ」

感情に動かされるままなじると、敦之の眉が苦々しく歪《ゆが》み、腕をつかむ手にも力がこもる。

「腕…っ、痛いってば」

「確かに俺が悪かった。あのとき別れを言わせてしまったのも俺だ。だが……おまえはどうなんだ。どうして俺がそうなったのか、考えてくれたことがあるか？」

そんなことは考えるまでもなかった。敦之の横顔やしぐさ、声の調子、気配や目線のすべてが言葉よりも雄弁に物語っていたからだ。

「心変わりしたんだろ。オレがいらなくなったから離れていった。違うのか？」

「心変わりか。そうできればどんなに楽だったか……」

敦之は自嘲《じちょう》の笑みを浮かべた。

「……慶福？」

敦之にとって必要ではなくなったから、傍に置く意味がなくなったから、背中を向けられたのだと思っていた。

別れを告げたとき、敦之はあっさりと頷いただけで、迷うそぶりもなかった。引き止める気もないのだと知り、それすらも朔也を傷つけた。

ずっとそれが朔也にとっての真実だったのに、違うというのだろうか。

混乱していると、ふいにスマートフォンの着信音が鳴り始めた。聞き慣れた音は自分のもので、ディスプレイの傍に畳んで置いてあったジャケットが、小さく振動しているのがわかる。

張り詰めた空気を遮って響く音が、朔也の意識を現実に引き戻してくれた。

「……電話だ」

今は仕事中だと窘《たしな》めても、敦之の手の力はなかなかゆるまない。

そうこうしているうちに相手が諦めてしまったのか、呼び出し音は唐突に途切れた。

「きっと呼び出しだ。悪いが、今日の作業はここまでにしてくれ」

先ほどよりも強めに言うと、さすがに敦之も冷静さを取り戻したのか、きつくつかんでいた朔也の腕を解放してくれた。使っていた席に戻って手早く荷物をまとめ、帰り支度をする。

次はそう簡単には逃さないとでもいうような、意思のこもった瞳でこちらを見据え、

「話の続きは、また今度」

それだけささやくと、敦之は静かに部屋を出て行った。

ひとりその場に残された朔也は、支えをなくしてその場にへたり込むと、閉じられたドアをいつまでも見つめていた。


日本列島の南方から、桜の開花宣言が聞こえ始める。

時期を合わせて取った休暇の初日に、朔也は室生が運転する車で旅に出かけた。

幸いなことに天気にも恵まれ、早い時間に室生のマンションを出発してからの道中は順調だった。

昼を過ぎた頃には、情報誌でチェックをしていた食事処《どころ》に立ち寄り、和食の膳《ぜん》を楽しむ。このところオープンカフェのリサーチで、サンドウィッチやベーグルばかり食べていた朔也の希望だった。

そのあとも車は軽快に走り、遅い午後のお茶を楽しめるくらいの時間には、目的の町へ到着した。

ひとまず予約をしていた旅館に直行し、宿泊手続きをして車を預ける。

せっかくだから青空を彩《いろど》る桜並木も楽しもうと、手配してもらったタクシーに乗り込んだ。祭りの関係で周辺の道路は交通規制されているため、目的地の近くで降ろしてもらう。運転手から教わったとおりに道を進むと朱色の鳥居《とりい》が現れ、くぐって参道《さんどう》に入った。以前は満開の夜に限定して催されていた夜桜祭りだが、観光客誘致《ゆうち》の理由から、近年では満開が近い土曜日の夜へと変わったらしい。

週末の昼間とあってか、参道は多くの人が行き交っていた。

途中にある手水舎《ちょうずや》で手と口を清めて奥へと進むと、ひときわ開けた場にある拝殿へたどりつく。拝殿を囲む木々もすべてソメイヨシノで、あたり一帯は溢れんばかりの薄紅色に染まっていた。

「綺麗だ……」

朔也はため息混じりに呟いた。ありきたりな感想だが、その一言につきるのだ。

広がる枝が風に揺らされ、はらはらと小さな花びらを散らしている。

まるでただよう空気にまで色がついているように錯覚するほど濃密な光景だった。

非日常に迷い込んだような気分で拝殿の前まで行き、賽銭《さいせん》箱に小銭を入れて鈴を鳴らし、手を合わせてお参りする。

こんなときに朔也が願うのは、だいたいが家内安全か商売繁盛だった。けれど今日は、今夜のことが頭にあるせいか、つい『どうか愛する人と無事にめぐり会えますように』と願ってしまう。

目を閉じていると、敦之の姿が頭に浮かんできて、慌ててかき消した。

思い浮かべるなら室生だろう。愛しているのも、これから共に幸せになりたいと願う相手も室生なのだから。

朔也は再び手を合わせ、室生と無事にめぐり会えるようにとお願いし直した。

「ずいぶんと熱心だな」

「今夜のことをお願いしていたんです」

「今夜のこと？」

隣を歩く室生を見上げながら、朔也は不思議そうなその顔に、こくりと頷き返す。

「ちゃんと室生さんを見つけることができますようにって」

そう言うと、室生は嬉しそうに口元をほころばせた。

「そうだな。俺も西のほうでお願いしておくか」

ふたりは予定どおりに西のお社へも向かうため、参道を戻っていく。

鳥居の先を西へ続く遊歩道が、今夜の祭りの目玉である桜の並木道だった。

朔也は途中で貰った夜桜祭りのリーフレットを広げ、周辺地図を確かめる。

「西までけっこう距離がありますね」

「迷子にならないように、ちゃんと下見をしておけよ」

「一本道なのに、どうしたら迷うんですか」

室生にからかわれ、見つめ合えば、どちらからともなく笑いが込み上げてくる。

春の陽射しは温かく、ときおり吹く風はさわやかで、隣には大好きな恋人が笑っている。

こんなほわほわとした気持ちを、幸せというのだろうか。

足取りも軽く、人の流れについて歩いて行くと、遊歩道はすぐにわかった。

想像していたよりも広い道幅は参道と同じくらいで、五メートルはあるだろうか。その両側には、はらはらと薄紅色の花びらを散らす桜の木が、ずらりと遠くまで連なっていた。

「うわぁ。こちらもすごく綺麗だ」

「見事な景色だな」

室生もため息のような感嘆《かんたん》の声をこぼした。

日本の風物詩でもある、場所取りをして花見をする客はここにはいない。

所々でかがり火の準備をしている人たちがいて、彼らは背中に『夜桜祭り実行委員会』と書かれた揃いの桜色の法被《はっぴ》をはおっていた。

「いくつくらいの火が焚かれるんでしょうね」

「先も見えないようなこの距離を、全部照らすのだとしたら、かなりの数になるだろうな」

炎の揺らぎに照らされる花の美しさを想像して、朔也の心もそわそわと浮き立つ。

斜め上を仰ぎ、ひたすら花を愛《め》でながら歩いていると、室生がリーフレットを眺めながら言った。

「祭りの起源は、この地方に残る伝承がもとだそうだ」

「そうなんですか？」

「ここに書いてある」

どちらからともなく立ち止まり、リーフレットを両側から覗き込む。

その紹介文によると、その昔、この地には同じお社に祀《まつ》られていた、とても仲のいいふたりの土地神様がいた。けれども仲がよすぎてふたりで遊んでばかりで、まったく仕事をしなかった。困った村人たちは考え、お社をふたつに分けて、神様を別々に祀ることにした。すると東西に分けられた神様は寂しがって、ますます仕事をしなくなってしまった。

村人は困り果てたが、お社を戻せば元の木阿弥《もくあみ》。そこで知恵をしぼり、離れたお社の間に長い道を作り、ひとつにつなぐことを思いついた。

自由に行き来ができるようになって喜んだ神様は、それからは土地を守る仕事をしてくれるようになった。桜の木は、村人から神様へのお礼にと少しずつ植えられて、現在の見事な並木にまで増えたのだそうだ。

「……なるほど」

朔也はあらためて、遠くまで続く道の先へと視線を向けてみた。

その逸話《いつわ》は、なんとなく聞いた覚えがある。

確か敦之が教えてくれたのだ。

祭りのことを知ったときは、ちょうど桜の時季が終わったところで、残念がる朔也に「来年は観に行こう」と約束してくれた。

ふたりの間に距離を感じ始める頃よりもずっと前の、他愛ない休日の出来事だった。

あの頃の敦之はまだ、ちゃんと朔也の目を見て話してくれていた。

『どうして俺がそうなったのか、考えてくれたことはあるのか』

ほぼ喧嘩《けんか》別れのようになってしまったあの日、敦之はそう言っていた。

考えないはずがないだろう。何度も何度も考えた。敦之が自分と距離を置くようになった理由はなんなのか。なにが起こったのか。なにがいけなかったのか。

そのうえでたどりついた答えが『敦之の心変わり』だった。

正解を確かめる勇気はなかった。向き合うのが怖かったし、そんなことをしてもどうにもならないと、訊く前に諦めてしまったからだ。

でも確かめていれば、なにかが変わっていたのだろうか。

『心変わりか。そうできればどんなに楽だったか……』

あの言葉のとおり、敦之が変わった理由が心変わりではなかったのだとしたら、本当の理由はなんだったのだろう。

もやもやして晴れない気分が胸をふさぎ、朔也は無意識にため息をこぼしていた。

「朔也」

名前を呼ばれて朔也は、はっと物思いから我に返る。

いつの間にか地面に落ちていた視線を上げると、

「もうすぐ西のお社だ」

室生が前方へ真っ直ぐ顔を向けている。

「えっ？」

朔也もつられて見ると、東のとよく似た造りの拝殿がすぐそこまで迫っていた。

「ほんとだ」

ぼんやりと考え事をしている間に、こんな近くまで来ていたようだ。

こちらもまわりを桜に取り囲まれて、華やいだ空気に包まれていた。

「祭りの本番は、もっと人が増える。そう簡単には通り抜けられないかもしれないな」

「下見しておいてよかったですね」

立ち寄った手水舎で、朔也は手を清め直すついでに、先ほどまでの物思いも一緒に洗い流してしまうことにした。

そしてこれから先は、敦之のことを一切考えないと心に決める。

どれだけ朔也が悩んだところで、敦之が変わった本当の理由などわかるはずがないのだ。

それにいまさら理由を知っても過去には戻れないし、やり直すこともできない。理解しても、思い出として心のどこかにしまっておくことしかできない。

誰よりなにより愛しくて、すべてを与え、受け入れ、自分の半身のように思えるほど大切な人だった。だから未だにせつないし、こだわってしまうし、情と呼べる特別な想いはいつまでも胸に残って消えないけれど。

過去とはどこかで折り合いをつけて、前へ進んで行かなくてはならない。

朔也は、少し先で立ち止まって待っている室生のほうへ歩きだした。

選べる相手はひとりだけだ。

自分がいま大切にしなければならないのは室生であって、敦之ではない。

いつでもさりげなく朔也と歩調を合わせてくれるこの人と、同じ速さで無理なく歩けるように。

いまは与えられてばかりだけれど、いつかは自分もちゃんとなにかを返せるように。

誓うために、朔也はここへ来たのだ。

「室生さん」

「うん？」

追いついて隣に並ぶと、穏やかな笑顔がそこにある。

「小腹がすきました」

腹を擦《さす》りながらそう言うと、室生はちらりと腕時計を確認した。

「祭りにそなえて早めの夕食を頼んであるが、まだ早いな」

「甘いものでもいいですよ」

「旅館に帰る前に、どこかへ寄るか」

確かリーフレットの裏面に広告を兼ねた周辺の商業施設案内が載っていたはずだと、室生は上着のポケットにしまっていたそれを取り出して開く。

「喫茶店か、コーヒーショップ。軽く食べられそうなのは、そのくらいだな」

地図にある飲食店のマークと店名を照らし合わせている横から、朔也は気になった場所を指先でつついた。

「ここ、お土産屋《みやげ》ですよ。見に行きましょうよ」

「甘いものはいいのか？」

「食べたあとで行くんですよ」

当然だろうと思いながら首を傾げると、室生はなぜか、ふっと笑い声をこぼしながら朔也のほうへ地図を向けた。

「わかった。それならここの通りを観光しながら歩いて、この先でタクシーを探すか」

「そうですね」

行き先は通りの途中にあるコーヒーショップに決まった。

「その前に、お参りだぞ」

「そうでした」

まだ西の参道の中頃までしか来ていなかったふたりは、拝殿に向かって再び歩きだした。


観光客向けの店が建ち並ぶ通りをそぞろ歩き、コーヒーショップで甘味を補給しつつ足を休め、土産物屋では職場にさし入れるための菓子を買い求める。

陽が暮れる前にタクシーに乗って旅館へ戻り、部屋へ入ってひと息つくと、ほどなくして頼んでいた夕食の時間になった。

地元の食材をふんだんに使い、季節に合わせて桜で彩られた料理の皿が、テーブルに所狭しと並べられる。

間食もしたので量が多いように思えたが、心のこもった料理はどれもおいしくて箸が進んだ。

これからまた出かけるので、酒にあまり強くない朔也は、念のためにお茶だけにしておいた。

和やかな食事が終わろうという頃、室生があらたまった様子で切りだした。

「朔也に頼みがあるんだ」

なにか特別な用件なのだろうかと、朔也は密かに身構える。

「……なんですか？」

「じつは、近いうちに、いまの部屋を引っ越すことにしたんだ」

「引っ越し？」

予想外の単語に、朔也は首を傾げた。

「ああ。以前から、もっと広い部屋に移りたいと考えていてね、詳しい友人に頼んでいたんだ。先日連絡があって、希望どおりのいい物件が見つかったから、決めてしまった。だが、あくまでも俺の都合だから、そこは誤解のないように。きみにプレッシャーを与えるつもりではないからね」

ひとりで暮らすには持て余しそうな広さの部屋を借りて、同居の準備はできていると圧力をかけるわけではないと説明されて、朔也はこくりと頷いた。

確かに、ちらりとそんな考えが頭を過《よぎ》ったので、言葉できちんと否定してくれたのは嬉しい。

「それで、せっかくだから家具をいくつか新しいものにしようと思うんだが、朔也も一緒に選んでくれないか？」

「もしかして、頼みって、そのことですか？」

「そうだよ。だって好きなんだろう？　そういうの」

「えっ？」

なんのことだろうと、朔也は不思議そうに目を瞬かせた。

「家具やインテリア関連が。とある日本人デザイナーが、海外の家具ブランドとコラボした作品の展示会を見に、わざわざブランドの直営店にまで足を運ぶくらいに」

「なんで知ってるんですか⁉」

「休憩時間に、そこのサイトを熱心に見ていたのを、俺が後ろから眺めていたからだが」

楽しそうな含み笑いを向けられると、居たたまれない気分になる。

朔也はいちおうデザイナーの端くれだが、携わっている分野が違うこともあり、家具に関しては趣味のような楽しみかたをしていた。

だから室生に話したことはなかったのだが、まさか気づかれていたとは思わなかった。

「そういうときは声をかけてくださいよ」

「楽しそうなのに、邪魔したら悪いだろ」

知っていたから、家具選びの手伝いを提案してくれたのか。

室生の心遣いは有難かったが、それとこれとは話が別で、任せてくれと胸を張れるような自信はなかった。

「自分好みのものを選んで眺めてる程度だから、お役に立てるかわかりませんよ？」

「かまわない。ほしいのはセンスのいいものではなくて、朔也が選んだものだからな」

「オレが、ですか？」

「予定しているのは、ソファとベッドだ。どちらも一緒に使うのだから、朔也が気にいった品のほうがいいだろう」

ベッドと聞いて、なんのために一緒に使うのかまで想像してしまい、朔也はじわりと込み上げた気恥ずかしさをとっさにごまかした。

「どうだ、頼みを引き受けてもらえるか？」

「わかりました。オレでよければ、ご一緒します」

室生がそう望むのであれば、朔也に断る理由はない。

こくりと頷くと、室生も大らかな笑みを浮かべて頷き返してくれた。

新調した好みの家具にかこまれた新しい生活は、想像するだけで朔也の心も沸《わ》き立たせた。

このタイミングで希望どおりの部屋が見つかったのも、ただの偶然ではないように思えてくる。

まるで見えない力がふたりの同居を後押ししているようだ。

人生には時に、抗わないで身を任せたほうがいい流れがあるという。いまがその時だとしたら、一歩前へ踏み出してみてもいいかもしれない。

「室生さん、その新しい部屋に、オレの荷物を置く場所はありそうですか？」

訊ねると、グラスを口元へ運ぼうとした室生の手が、ふっと止まる。

「……もちろん、あるが」

「じゃあ、まずはデザインの資料から。本やら雑誌やら、かさばってお邪魔かもしれませんが、少しずつ運んでもいいですか？」

朔也の言っている意味が伝わったのか、室生は、ほっとしたような嬉しそうな顔になった。

「かまわないよ。次のデートのときに下見をするといい。どこをきみの部屋にするか選んでくれ」

全部を一度で運ぶとは言えない気持ちを、室生は汲《く》み取って許してくれる。

朔也の数歩前を行きながら、朔也の心が追いつくのを、腕を広げて待ってくれている。

「部屋なんて、必要ないですよ」

「だが自宅で作業したいときや、ひとりで過ごしたいときもあるだろう。個室はあったほうがいい。もちろん寝室は一緒だが」

互いの個室と、ソファを置く居間と寝室。

それはほぼ家族向けの広さだと想像したところで、朔也は、はっと気づいた。

「待ってください、そこの家賃は、オレが半額払えるようなマンションですか？」

大事なことを忘れていたと、室生に問いかければ、

「……確認しておく」

室生はそっと視線を明後日の方向へ向けた。

どうやらいま朔也が払っているアパートの家賃の倍以上はするほど高額らしい。

「やっぱり無理ですね。同居はできません」

「朔也、それはないだろう」

「まだまだ未熟な社会人は、いまのアパートの家賃を払うので精一杯です」

「心配しなくても、たりないぶんは俺が……」

「室生さん」

強めに名前を呼ぶと、室生はため息をこぼし、降参するみたいに手のひらを上げてみせた。

「わかった。家賃の件は、また後日相談しよう」

せっかくの旅行中に急いで結論を出さなくてもいいだろうと提案される。

「そうですね。オレもむきになってすみませんでした」

これから夜桜祭りの本番だというのに、気まずい空気になるのは避けたかった。

食後のまだ温かいお茶を飲んで、気持ちを祭りへと切り替える。

「お祭り、どのくらいの人が集まるでしょうね？」

「週末の開催になってから、かなり人出が増えたというから、多いだろうな」

満開の桜並木で起こる奇跡が、室生との未来を信じる勇気になればいいと思った。


夜空に星が瞬《またた》き、地上にもにぎやかに明かりが灯り始めるころ。

「きみはどちらから歩く？」

「じゃあ、東から」

直感で選んだ朔也は、旅館の前で室生と別れて東のお社までやって来た。

桜並木の遊歩道は、すでに大勢の人が集まっていて混雑している。

かがり火の揺らめきと木片のはぜる音が、夜の闇に明るさと温もりを添えている。

日中は春めいて風も暖かかったけれど、陽が暮れた途端に気温は下がり、朔也は空気の冷たさに首をすくめた。

取り出したスマートフォンで時間を確かめると、そろそろ約束の時間だ。

朔也は並木道を西へ向かって歩き出した。室生も今頃、反対側の西のお社を出発しているだろう。

並木道は目が慣れれば歩くのに支障はないが、すれ違う人の顔をはっきりと判別できるほどの明るさではない。それでも見事にめぐり会えた恋人たちが喜びはしゃぐ様子に、気持ちが温かくなる。

誰もがすれ違う顔に目を凝《こ》らしながら、捜《さが》している。めぐり会って幸せになりたい、大切な相手を。

天へと立ちのぼる炎と想いの熱気に煽られて、朔也の胸もそわそわと騒いだ。

ゆっくりとした人の流れに合わせて十五分ほど歩くと、道のりの中間あたりにさしかかる。予定ではこのあたりで室生と会えるはずなのだが……。

「うわ……すごい人だ」

思わず呻《うめ》いてしまうほど、あたりは混雑していた。道はひときわ広くなっているのだが、合流できて喜ぶふたり組がぐんと増え、他にも立ち止まったり後戻りをしたり、うろうろと行ったり来たりする人たちでいっぱいなのだ。

「事前に約束しておいてよかった」

旅館を出るときに、室生が言っていたのだ。

『そのまま通り抜けたりしないから、真ん中あたりで探してくれ』

うち合わせ済みではご利益《りやく》が減るかもしれないが、会えないよりはいいと笑っていた。

室生も今頃、この人混みのどこかで朔也を捜していることだろう。

行き交う人とぶつからないように避けながら、その隙間に室生の姿が見えないか、暗いなかで注意深く目を凝らす。

とっくに反対側のお社までたどりつけるくらいの時間が過ぎてもまだ見つからなくて、朔也は次第に焦りを感じ始めた。

携帯電話を鳴らして相手の居場所を確認している人もいて、それは反則だろうと思いつつ、自分も試したい衝動にかられる。

無粋なまねをしてでも会いたい、その気持ちはわからなくもないからだ。

「……ここじゃないのかな」

昼間に下見もしたし、このあたりが中間だと思ったのだが、だんだん自信がなくなってくる。もっと戻るか先へ進むかしてみたほうがいいだろうか。

朔也は迷いながら、人の流れが比較的ゆるやかな道の端のほうに寄って、意味もなくその場で足踏みを続けた。

捜している人に会えない。

暗い夜道を過ぎていくのは知らない人ばかりで、まるで迷子の子供のような心細さに襲われる。

先に進んで道幅が元に戻るところまで捜したら、またここまで戻ってきてみよう。

そう決めて、何気なく反対側の並木沿いに目をやると……。

「……あっ！」

かがり火の近くに立っている室生をようやく見つけた。室生も朔也を捜して、歩いてくる人の流れを注意深く見ている。

「室生さん！」

とっさに呼びかけると、この人混みのなかでも声が届いたのか、室生もこちらに気づいて安心したように顔をほころばせた。そして、そこにいろと、手のひらを見せるしぐさで伝えてくる。

無事に会えてよかったと、朔也は安堵した。

安心したら、じっと待っていられなくなって、絶えず続く人波を横切ろうと隙間を窺い、どうにか前へ進もうとする。

室生はどのあたりまで近づいて来ただろうと顔を上げた、そのとき。

視線が吸い寄せられるように、ある場所で止まった。

「……敦之……？」

朔也は目を疑った。何度も瞬きをしてみるが、その姿は消えずにそこにある。

そんなはずはない。信じられないし、どういうことだかわからない。

吸い寄せられたまま逸らせない視線のその先にいたのは、一際見事な桜の木の下で、かがり火を背に立っている敦之だった。

向こうはとっくに朔也に気づいていたらしく、じっとこちらを見つめてくる。

どうして敦之がここにいるのだろう。

敦之も誰かと祭りに来ていたのだろうか。

こんな偶然があるのかと、驚く敦之の脳裏にとっさに浮かんだのは、夜桜祭りの伝承だった。

もしかして敦之は、奪ってでもほしいくらいに好きだと言っていたその人に、とうとう告白をしたのだろうか。いい返事を貰えた結果が、今夜の祭りなのかもしれない。

その人は、自分が叶えられなかった敦之との約束を実現させているのか。

そう思うと、朔也の胸に焦げつくような熱さが生まれた。

目を逸らせずに呆然としていると、敦之のほうから近づいて来る。敦之は朔也のすぐ目の前までやって来ると、難しい顔で瞳を細めた。

「室生さんとは、まだ会えてないのか？」

「……いま合流するところだよ。慶福こそ、相手の人は？」

本当は答えなど聞きたくないのに訊ねる。

「見つけた。だからここにいる」

「……え？」

「三年前に守れなかった約束を果たしにきた」

「三年前……っ」

「桜並木の人ごみの中で、本当にめぐり会えるか試そうと約束したよな」

憶えているだろうと目線で問われて、朔也は無意識に顔をしかめた。

夜桜を見せてやると誘ってくれたくせに、勝手な理由で反故にされた、苦い思い出。

だがそれは三年も前の、とうに過去になった約束だ。

それなのに敦之は、まさか自分に会うためにここへ来たというのか。

「……嘘だろ。いまさら、なに言ってるんだよ」

「そうだな、俺もそう思う。でもいま行かないと、必ず悔やむことになる気がした。だから来た。そうしたら本当におまえに会えた」

ひたりと見据える敦之の瞳は、夜闇のなかでもきらりと輝いていて、そこに嘘や迷いは感じられない。敦之は本当に、朔也のためにここにいるのだ。

この状況をどう受け止めればいいのかわからなくて、朔也は困惑した。

敦之の行動が理解できない。

なにを考えているのか、いったいどういうつもりでいるのかわからない。

から回りする思考につられて、めまいを起こしそうだった。

「朔也」

そんなひたむきな声で呼ばないでほしい。

ぐらぐらと気持ちが揺れて、足元まで不安になる。

自分が探していたのは室生なのだ。敦之ではない。

「……室生さんが待ってるから」

室生がいるほうへ行こうとすると、それより先に敦之が朔也の腕をつかんで歩きだした。

「慶福っ？」

向かった先では室生が、事態に気づいて難しい表情をしている。

かがり火の傍らで、三人が顔を合わせる。

にぎわいのなかで、ここだけが別世界のように静かだ。

先に口を開いたのは室生だった。

「驚いたな。なんのまねだ」

「俺の恋人を取り戻しにきた」

平然と答えた敦之は、ずっとつかんでいた腕を強く引いて、朔也を腕に抱える。

「慶福⁉」

「……正気か？」

「もちろん」

静かに睨み合うふたりの間で、朔也はもがきながら声を上げた。

「おまえっ、好きなひとがいるって言ってただろっ」

「都築朔也。おまえの他に誰がいる。いまでも変わらず、俺のなかにいるのはおまえだけだ」

耳元でささやかれた自分の名前に、朔也は瞳を大きく見開いた。

「……なんだよそれ」

瞳は戸惑いに揺れ、くしゃりと歪む。

「今頃なに言ってんの。いったいどういうつもりだよ。なんで……そんな……」

朔也は苛立ちに任せて敦之の胸を強く押し返した。すると腰に絡んでいた腕が外れ、身体が自由になる。

「そんなはずないだろ、ふざけんな！」

「俺は本気だ」

「だっておまえ……心変わりしたんじゃなかったのかよ。だからオレが別れるって言ったとき、黙って頷いたんだろう？　どうなんだよっ」

別れを告げたときも引き止めず、背を向けたのは敦之だ。

どんなに考えても、わからなかった。

ふたりはどうして別れることになったのだろう。いったいなにが原因だったのだろう。自分はなにをどうすればよかったのだろう。

わからないから想いは残って、ずっと抱えたままこんな場所にまで来てしまった。

その敦之が、三年たった今でも、まだ好きだと言う。

それならあの別れはなんだったというのか。

「答えろよ」

強い口調で返事を促す。

朔也が考えてもわからないのは当然だ。その答えは敦之のなかにしかないのだから。

答えを貰うまではこの場を動かないくらいのつもりで、じっと睨みつける。

敦之は深いため息をつきながらうつむくと、困ったようにうなじに手を当てた。

「心変わりなどしていない。別れたほうが朔也のためだと思ったからだ」

昔のように名前で呼ばれた、その懐かしい響きがせつなく胸をうつ。

「どういうこと？」

「俺は自分の濃い愛情がどんなに厄介なものか自覚している。想いの深さは底なしで、よそ見も許さないほど、相手のすべてを独占したくなる」

それは敦之が胸にずっと隠してきた秘密だった。

「朔也の存在が俺のなかで大きくなるほど、自分の感情なのに、自分でもどうにもできなくなった。おまえは俺のすべてで、おまえのすべては俺のものだと本気で信じている。こんな俺をおまえは全部受け止めてくれた。いつも全身で包み込んでくれた。でも、おまえにもきっと限界はある。いつかその重さに耐えきれなくなったら、おまえはどうなってしまうのだろう。考えると……怖くなった。限界まで寄りかかって圧し潰してしまうくらいなら、手放すほうがましだと思った。俺なりに考えた、おまえにとって一番いい選択をしたつもりだった」

「圧し潰すって、そんな……」

「心当たりがあるだろう？」

自嘲ぎみに笑いながら、敦之は目を逸らした。

穏やかではない響きに朔也はうろたえるが、確かに覚えがないわけではない。

「でも俺は取り戻せるつもりでいた。この厄介な感情を抑えることを覚えれば、朔也を潰す心配もなく、また傍にいられるようになると。それまでのことだと信じていた。……いまとなっては甘い考えだったな。朔也は他の男のものになっていた」

再び敦之は顔を上げ、室生を真っすぐに見つめてきた。

「再会して、朔也が初めて俺を『敦之』と呼んでくれたとき、まだ望みがあるような気がした。もう身勝手な失敗はくり返さない。だから俺は、ゆっくりと朔也の心を取り戻すつもりだった。でも状況が変わった」

「状況？」

「おまえが言ったんだ。同居話を進めていると」

そういえばミーティングルームで強引にキスをされる前に、そんな話をしたのを思いだす。

だから敦之は感情的になって、心掛けていた好青年の姿でいられなくなったのだと、朔也はようやく理解した。

「朔也が他の男のものになるのは、我慢できない」

「だから……こんなところまで来たのか」

朔也を求めて、敦之が手をのばす。

「俺にはおまえだけだ、朔也」

時間を経て変わった敦之が、変わらない熱さと輝きで朔也をからめとる。もう逃さないと本気で。

それでも朔也はあがこうとした。

この手を取るということは、室生への裏切りだ。そんなことが許されるはずがない。

「……無理だよ」

頑なに指を握りしめて、捕まらないように後ろへ隠す。

「だっていまさら、そんなことできない」

「おまえのなかには、まだ俺がいるのに？　消えてないだろう？」

敦之は少しも揺るがない。

「逃げるのはもうやめた。この先、重たい愛情で泣かせてしまったとしても……俺が全力で慰めればいいだけのことだ」

逃げていてはほしい人はつかめないと、ひたすらに朔也の愛を乞う。

覚悟を決めた本気の敦之に、昔から朔也は一度も勝てたことがなかった。

どうすればいいのか判断できなくて、動けずにいた朔也を、解放したのは室生だった。

「行っておいで」

「……室生さん？」

「一緒に行って、正面から向き合って、よく確かめてみるといい。自分が本当はどうしたいのか。なにを一番望んでいるのかを」

「でもっ……」

「答えが見えたら迷わずつかめ。誰を選び、誰の手を取ろうときみの自由だ。きみの思うとおりでかまわない。そう言っただろう」

微笑んだ室生は、いままで見たなかで一番優しい表情をしていた。

「慶福敦之」

「……はい」

「決めるのは朔也だ。焦らせるな。追い詰めるな。無理強いだけは許さない。そんな男を選ぶほど、朔也は愚かではないぞ」

敦之にはきびしい口調で釘を刺す。

そして朔也を一度強く抱きしめてから、ひとりで東のお社があるほうへ歩きだした。

「室生さん……っ」

優しい背中を追いかけることもできず、朔也はその姿が人波に隠れて見えなくなっても、目を逸らさずに立ち尽くす。

「行こう」

つないだ手を引かれ、朔也も敦之と一緒にその場を離れた。

タクシーのなかでも手を握ったまま。

ふたりは敦之が手配していた、お社の近くの観光ホテルの前で降りた。

もどかしく鍵を開け、部屋の中に入った途端、痛いほど強く抱きすくめられる。

「ちょ……敦之っ」

ツインルームの窓からは、桜並木のかがり火が見下ろせるが、眺めるひまも与えられなかった。

まだ腕のなかの存在が実感できないのか、抱擁《ほうよう》がやむことはない。

勢いでベッドに押し倒され、起こそうとした身体を口づけで押さえ込まれる。

キスに翻弄されている間にシャツの裾《すそ》をめくられ、露《あら》わになった胸から腹を、熱い手のひらで何度も撫でられた。

「ま……って、敦之…っ」

こんななし崩しみたいに行為に及ぶのはだめだ。簡単に許してしまっては、気持ちを確かめてこいと背中を押してくれた室生に顔向けができない。

朔也は、のしかかる敦之の身体を必死に押し返した。

「まだ、なんにも話し合ってないだろっ」

「話はあとだ」

「でもっ」

「あとでちゃんと聞く」

腕をつかんでシーツに強く押しつける敦之の耳に、朔也の声は届かないのだろうか。

また振り回されて、疲れて泣いて、今日を後悔する日が来るのだろうか。

「敦之っ、話を聞いて」

『焦らせるな。追い詰めるな。無理強いは許さない』

室生が言葉に込めた想いは、そんなに簡単に忘れていいものではなかったはずなのに、どうして敦之の中に残っていないのだろう。

じわりと瞳が潤《うる》む。熱い塊が腹の底から喉元に込み上げてくる。

それは怒りだった。

「敦之のバカ！　もう嫌いになるからな！」

「それでいい」

「……え……っ？」

「やっぱりおまえ、逞《たくま》しくなったな」

見下ろす敦之の瞳が、眩しいものを見るように細められている。

強くつかんでいた手首を労《いたわ》るように撫でられ、朔也はわけがわからず敦之を見上げる。

「昔のおまえなら、すぐに受け入れただろ。手っ取り早い仲直りの方法だったからな」

確かに、些細《ささい》なケンカをしても、抱き合って眠れば元に戻れた。謝るきっかけがつかめずに、自分から押し倒して、曖昧なまま決着をつけたこともある。

「でも、いまのおまえなら大丈夫だ。俺の無理強いを嫌だと拒めるおまえなら、潰される前にちゃんと言えるだろう。敦之の相手はもう疲れた、勘弁してくれって」

試されたのだと理解した途端、朔也の全身から力が抜けた。

ベッドの上でよかったと、ぐったりしながら思う。

敦之は朔也の脇に身体をずらし、表情を見ながら話せる体勢で横たわった。

「……昔のオレは、そんなに敦之の言いなりだった？」

「だんだんとそうなっていった。いや、そうなるしかなかったんだろうな。衝突しないためには、どちらかが譲るしかない」

我が強い敦之が相手では、譲る役目は朔也だと、いつの間にか決まっていた。

「しかもおまえの許容範囲は海のように大きくて深かった。俺は勝手におぼれ、自滅した。抱えきれなくなったおまえも共倒れで、離れることしか立ち直る方法はなかった。あのときの選択は間違っていないと、いまでも思っている」

首をのばして近づいてきた敦之の唇が、そっと朔也の額に触れる。そして頬《ほお》にも。まるで神聖な儀式のように。

「辛い思いをさせて悪かった」

「敦之だけのせいじゃない。オレはたぶん……敦之とちゃんと向き合ってなかった」

いつも相手の意見を尊重して言いなりになるのは、優しさのようでいてそうではない。いくら好きな相手でも、考え方や、やり方の違いはある。生活を共にしてから見えてくることもあるし、知ることもある。

朔也は些細なことなら自分が目をつぶっていた。我慢するほうが楽だったのだ。

「敦之の気持ちを勝手に理解したつもりでいた。でも自分を理解してもらおうとはしなかった。衝突して痛い思いをするのが嫌で、だから敦之の気持ちがわからなくなっても、確かめようとはしなかった。自分ひとりの考えで煮詰まって自滅したのは同じだったんだよ、オレたち」

朔也は肘を突いて上半身を浮かすと、敦之の頬にそっとキスをした。

「ごめん」

キスに驚いた敦之は、なにかを堪えるように、ぐっと眉間にしわを寄せる。

「敦之？」

「誓って言うが、手っ取り早く仲直りしようなどとは思ってない。そんなに簡単ではないとわかっている」

敦之が身体を起こす動きで、ベッドがギシリと音を立てる。

「一度許してくれたからといって、俺のものだと自惚《うぬぼ》れたりしない。完全に取り戻せたとも思わない」

朔也の両脇に腕を突いた敦之は、真剣なまなざしで朔也を見下ろした。

「おまえがまだ迷っているのも承知で頼む。……俺に抱かれてくれ」

真っ直ぐな気持ちで望まれて、朔也の頬がかあっと熱くなった。そのうえ高鳴る心臓がうるさく騒ぎだす。

「嫌か？　やっぱり、もっと話し合ってからでないとダメか？　考える時間が必要か？」

かつての恋人は、初めてのときの強引さが嘘のように、辛抱強く答えを待っている。

揺るぎない瞳で、全身で、朔也をほしいと言っている。

求められて朔也の胸が自然に震えた。

だがこの勢いのまま敦之に身を委ねてしまっていいのだろうか。

「……敦之と話して、前はわからなかったことがいまはわかった。自分の至らなかった部分に気づけたし、別に敦之を恨んでもいない。こうして話すことができて本当によかったと思うよ」

「朔也」

「でもこの先のことは、また別の話だろ」

起き上がってベッドの上で座り直し、できるだけ冷静な口調になるように心掛けながら言うと、不穏な流れを感じたらしい敦之も起き上がって、わずかに眉をひそめた。

「オレは室生さんのことが好きだ」

優しく甘やかされるのが好きだった。

室生は大人で包容力があって、余裕があって、頼りがいがあって、いつでも安心させてくれた。

文句のつけようがない素敵な恋人だった。

敦之は違う。

敦之にはたくさん不安にさせられたし、苛立たされたし、泣かされた。

傷ついたし、怖かったし、情けなくて辛かった。

「あの人はオレを傷つけない。オレに優しくしてくれる。敦之とは違う」

「……やっぱり許せないのか」

「室生さんを裏切りたくない。オレはあの人と一緒にいるのが正解なんだと思う」

そう言うと、敦之の身体から、ふっと力が抜けたのがわかる。

傷ついた目をして顔を伏せられると、朔也の胸が、ぎゅっと痛くなった。

無意識に身体が前へ傾いて、のばした手が敦之の腕に触れていた。

「……朔也？」

敦之は朔也の心を振り回す。揺らしてかき乱して、昂らせる。

こんなふうに簡単に朔也を動かすのは、敦之だけだ。

「正解がわかってるのに、おまえのそんな顔を見ると、全部どうでもよくなるのはなんでだろうな」

敦之が傷ついていたら慰めたい。落ち込んでいたら笑わせたい。

自分が本当はどうしたいのか、なにを一番に望んでいるのか。それは頭だけで考えてもわからないのかもしれない。

そっと肩にもたれかかると、数年ぶりに間近に感じた体温と匂いに、ほっとする自分がいた。

「……離れないとキスするぞ」

離れがたい気持ちが、背中に回した腕に力を込めさせる。

「キスだけで終われないかもしれないぞ」

話し合うためについて来たのであって、そこまでするつもりはない。

そう考える頭とは裏腹に、顔を押しつけた肩に頬をすり寄せていた。

「いいんだな」

心と身体。先に熱くなったのはどちらだろう。許したくなる気持ちは、どちらに引きずられたのだろう。

強引なままだったら、敦之に流されたと言い訳ができるのに。

朔也は背中に回していた手を敦之のうなじに添えて、自分のほうへ引き寄せた。その意味を正確に読み取った敦之の唇が、朔也のそれに重なる。

唇を薄く開けば、待ちかまえていた舌がすべり込んできて、きつくからめとられた。

唐突に離れたのはシャツを首から脱がすためで、促されるまま腰を浮かしたり膝を立てたりする間に、下着まではぎ取られていた。

余裕がないのか敦之の愛撫は性急だった。

身体中をまさぐり、唇と舌を使って弱い部分を攻めたてる。

朔也の身体は、すぐに陥落した。

そんなはずはないのに、まるで身体は渇いていて、敦之がくれる心地よさが水のように染み渡る。

それは細胞のひとつひとつまでが潤うような感覚だった。

「ん……っ」

ただ指先で肌に触れられただけでも、敏感に反応を返してしまう。

「なんだよ、おまえ。前よりずっと感じやすくなってる」

「……え？」

敦之は悔しそうに呟くと、ぎりっと奥歯をかみ締めた。

「ここと、ここも」

平らな胸で小さく色づいているところは、敦之が指の腹で何度か撫でただけで、すぐに固く尖る。

「あっ、やあ……っ」

「そんなによさそうな顔、初めて見る。いつ覚えた？」

「もうっ、言わな……あっ」

握られると屹立《きつりつ》は熱く張り詰め、せつなそうに蜜をこぼした。

昂《たかぶ》るのが早いのは、敦之の愛撫《あいぶ》が久しぶりだからなのか。それとも相手が敦之だからなのか。

朔也は敦之の手でうつ伏せに這《は》わされ、腰だけを高く上げられた。

朔也が特に羞恥を感じる体位だと知っていて、容赦なく柔らかな狭間を開かれる。

「敦之…っ」

「ローションがないんだ。じっとしていろ」

「でも……っ、ん……」

この成り行きを予想して用意をしておくほど、恥知らずな男ではなかったらしい。

舌で丹念に濡らされ、多少ほころんだところで指が入り込もうとしたが、そこは狭いままだった。

敦之が素早くベッドを下りるとバスルームに向かい、すぐに戻ってくると、後ろの奥に、ぬめったものを塗りつける。

「なに……？」

「ボディソープ。あとで綺麗に洗ってやるから我慢してくれ」

なかまで塗り込まれ、数を増やした指に丹念に解されて、どのくらいの時間がたっただろう。

「朔也」

ようやくほころんだ場所にあてがわれた、灼《や》けそうに熱いものが、奥へと押し入ってきた。

「あっ。あ……う……っ」

痛みは最初だけで、大きな抵抗もなく受け入れる。

「覚えていたみたいだな」

満足そうな敦之のため息に、朔也の胸がぞくりと震えた。

無理もない。愛される身体にしたのは敦之なのだから。

だから深い場所を強く突かれれば、我を忘れそうなほどの悦楽に、たやすくおぼれる。

「あ……敦之……っ」

欲望はきりがなく、いつが始まりで終わりなのかもわからない。

意識が途切れる寸前まで、朔也のなかにあるのは、敦之の存在だけだった。

目覚めたとき、朔也は一瞬、自分がどこにいるのかわからなかった。

横向きに寝ていた自分の背中に張りつく温もりが、昨夜の記憶を呼び覚まし、無意識にため息がこぼれる。

カーテンの隙間《すきま》から射し込む光が明るい。

時間を確かめようとシーツの中で身じろげば、後ろから回された逞しい腕に、ぎゅっと抱きしめられた。

「起きたか」

「……いま何時？」

「昼の十二時過ぎ」

「えっ？　チェックアウトの時間は過ぎてるよな」

慌てて身体を起こすと、

「大丈夫。連泊の予定で、起こすなと言ってあるから、ゆっくりしてていいぞ」

敦之の手で、再びシーツのなかに戻された。

慌てることはないとわかって。朔也はとりあえずほっとする。

昨夜の行為の名残が、全身を気だるく包んでいた。起きられても長距離の移動や観光は身体にこたえそうで、まだゆっくり休めるのはありがたかった。

今日も観光の予定を立てていたのだが、室生は今頃どうしているだろう。あれからひとりで旅館に帰って、どう過ごしたのだろう。

考え始めると、強い罪悪感で胸が痛んだ。

室生は気持ちを見極めろと背中を押してくれたけれど、あれは別れの言葉ではない。

自分は恋人がいながら別の男と関係を持ってしまったのだ。しかも自分から許して受け入れた。

「謝ってもたりないくらいだ」

深いため息をこぼすと、

「……朔也」

うなじに首筋に、優しいキスが何度もくり返される。

敦之なりの労りが、余計に胸にこたえた。

抱きしめる敦之の腕を、ぎゅっと握ると、応えるように大きな手に包み込まれた。

胸の痛みは嘘ではないのに、同じくらいに心と身体が温かく満ちたりている。

どちらも本当のことで、どちらも間違いではない。

それなのに朔也は、どちらかひとつを選ばなくてはいけないのだった。

室生が朔也を敦之に託そうとしたとき、朔也は室生と一緒に帰ることもできた。でも朔也は敦之の傍に残り、室生の背中を見送った。

あの時点で朔也はすでにひとつの選択をしている。その結果が、いまのこの状況だ。

室生となら、きっと平穏で優しい毎日を送れるだろう。

一度は失敗している敦之とは、また同じことをくり返さない保証はない。

頭ではそう考えているのに、この温もりの心地よさには抗えないでいる。

この構図は理性と本能の戦いみたいだと思いついて、本能に傾いている自分はどうなのだと、朔也は少しばかり残念な気持ちになった。

「……もっと冷静なつもりでいたのにな」

ぽつりと呟くと、背後で身体を起こす気配がした。

「後悔してるか？」

言葉を悪いほうへととらえたのだろう。

朔也の本心を窺う声が、朔也のこめかみをそっとくすぐる。

「してないよ」

恋人ではない男と身体を重ねたことに、罪悪感はあっても後悔はしていない。そんな不誠実な自分を知って勝手に落ち込んでいるだけだ。

つかんだ敦之の手に指を絡めると、こめかみに唇が触れる。

「もう二度と朔也といることを迷わない。俺から手放したりしない。約束する」

「……うん。わかった」

敦之の決心を信じてみたい。

どんなに頭のなかで打ち消しても、敦之に惹かれずにはいられない自分とはいったいなんなのかを見極めたい。

肩を引かれて仰向けになった朔也は、下りてくる唇を受け止めるために、そっと目を閉じた。


しばらくはベッドのなかで過ごしていたふたりだが、次第に空腹を覚え、外に出ることにした。

体調のこともあるので、ホテルの一階にあるカフェレストランに入り、まだランチメニューをやっていたので、日替わりのランチをふたつ頼む。

パンとサラダとコンソメスープに、メインの煮込みハンバーグがテーブルの上に並べられ、ふたりは特に言葉を交わすこともなく、ひたすら空腹を満たして遅めの昼食を終える。

食後のコーヒーを飲みながら、朔也は切りだした。

「敦之」

「なんだ」

「そろそろ旅館に戻るよ」

そう言うと敦之は、一瞬、不機嫌そうに眉間にしわを寄せたが、諦めたようにため息をこぼした。

「そうだな」

「室生さんと話してくる」

敦之が複雑そうな表情になった。

「俺とのことは、やっぱりなかったことにしたいなんて言うなよ」

優しい恋人にほだされて、室生のほうがいいと考え直されたら困ると、敦之にあからさまに心配された。

「しないよ。そんな都合がいい話、オレ自身が許さないよ」

室生が許してくれたとしても、朔也が自分を許せない。

身ひとつでここへ来た朔也は、その足で旅館へ戻ることにした。

カフェレストランを出てホテルの入り口へ向かう朔也のあとを、敦之が追う。

「送って行くか？」

「いい」

「ひとりで平気か？」

「平気。大丈夫」

「俺のせいにしていいからな」

「なに？」

「俺が全部悪い。俺に流されたせいだって言えばいい」

恋人を裏切らせたのだから、自分が悪者になるのは当然だと敦之は言う。

朔也は苦笑した。

「そんなことしないよ」

これから室生と対決する気まずさを慮ってくれているのだとわかるから、朔也は礼を言った。

「ありがとう。でもオレは、ちゃんと自分で決着をつけるよ」

そう言いながら真っ直ぐに目を見上げると、敦之は頷いてくれた。

「わかった」

離れがたい気持ちは嘘ではない。

ここが人目のあるホテルのロビーでなければ、背中に腕を回して、ぎゅっと抱きつくことができるのにと、そんなことを自然に考えてしまう。

もっと敦之の傍にいたい。肌に触れていたい。声を聞いていたい。

けれどもいまの朔也には、それを享受する資格はない。

「俺もこれから帰ることにした。夜に電話する。話せる状況だったらでてくれ」

「わかった」

結局ホテルの前まで見送ってくれた敦之と別れ、朔也はひとりで旅館へ戻った。

玄関前でタクシーを降り、駐車場を確認すると、昨日来たときに確かに停めたはずの場所に、室生の車がない。

観光の続きをしにひとりで出かけたのか、あるいは……。

朔也は玄関から館内へ入り、ロビーの奥にあるフロントで訊いてみることにした。

「お帰りなさいませ」

カウンターのなかに立っていたのは、昨日チェックインの際に挨拶をしたこの旅館の女将《おかみ》だった。

艶《つや》やかな黒髪を綺麗に結い上げ、春らしい模様の着物を粋《いき》に着こなしている。

「あの、昨日、オレと一緒にチェックインした人なんですけど……」

「お連れ様でしたら、今朝早くに、おひとりでご出発されましたよ」

「今朝ですか？」

「はい。別行動されているのは伺っております。お客様のお部屋とお荷物はそのままにしてありますので、ごゆっくりとお寛《くつろ》ぎくださいませ」

事情があってふたりが別行動していること。宿泊代は予定していた連泊分まで室生がすでに清算していること。

もしも朔也が旅館に戻らなかった場合は、残しておいた荷物を送り返してくれるように手配を頼んで帰ったことも説明された。

室生の心遣いと細やかな配慮に頭が下がる。

にっこりと笑った女将は、すべて心得ているといった様子で、フロントに返されていた部屋の鍵を用意してくれた。

「……ありがとうございます」

とりあえず受け取った朔也は、ぎこちない笑みを浮かべる。

この女将は、自分たちが昨夜、夜桜祭りへ行ったことを知っている。夕食の希望時間を訊かれたときに、夜の予定を踏まえて答えたからだ。

恋愛に関する風聞《ふうぶん》のある祭りにやって来たふたりが、翌日には別行動を取っていて、しかもそれが男同士だ。なにかしら思うことがあるだろうに、女将はまったく態度に表さない。

サービス業としては正しい対応だろうし有難いことだが、かなり居たたまれなかった。

数時間ぶりに戻った部屋は、昨日と同じはずなのに、やけに広く感じられた。

昨日はとても居心地がいいと思ったのに、重厚な座卓の前に座ってみても、少しも落ち着かない。

がらんとした部屋は耳鳴りがしそうなほど静かで、嫌でもひとりだということを強く感じる。

室生がせっかく残しておいてくれた部屋だが、これでは呑気《のんき》にくつろげる気がしなかった。

「……オレも帰ろう」

戻ってきて一時間もしないうちに、朔也は荷物を持って部屋を出た。

フロントに寄って、女将に鍵を返す。

「チェックアウトをお願いします」

「かしこまりました」

女将はやはり詮索することもなく手続きを済ませ、玄関の前まで出てきて朔也を見送ってくれた。


スマートフォンで調べた電車を乗り継いで、朔也はやっと地元へ帰って来た。

真っ直ぐに自宅のアパートへ戻り、重く感じる荷物を部屋の隅に下ろす。

このままベッドに転がって眠ってしまいたかったが、その前にどうしてもやらなくてはならないことがあった。

昨夜のあれこれが響いて身体はかなり疲れていたが、先延ばしにしていいことではない。

どうしても後ろ向きになる気持ちを奮《ふる》い起こし、スマートフォンを持ってゆっくりと深呼吸をすると、朔也は室生に電話をかけた。

早朝に旅館を出たと聞いたが、室生もこちらへ戻っているだろうか。

予定は変わってしまったが、まだ休暇中であることに変わりはない。どこか寄り道をしている可能性も考えていると、それほど待たずに通話はつながった。

『はい』

「……室生さん」

電話に出てくれたことに、まずほっとした。

「話したいことがあります。これから会ってもらえませんか？」

通話の向こうで、室生が、ふっと息を吐いた気配がする。

『いまどこにいる？』

「自宅です」

『それなら、家へ来られるか？』

返事をくれる声は落ち着いているが、どんな感情を込めているのかまでは伝わってこない。

「わかりました。今から伺います」

正直なところ、静かな部屋で室生とふたりきりになるのは気まずいが、多くの人がいる場所でできる話ではない。室生もそう思って判断したのだろう。

通話を切った朔也は、電車の移動で埃《ほこり》っぽくなった服を急いで着替えて部屋を出た。

自転車に乗るのは大変だったが、十分程度の距離を、考え事をしながら進む。

どうやって話を切りだそう。

どんな言葉で伝えよう。

どうすれば自分の正直な気持ちをわかってもらえるだろうか。

いや、なんでも正直に話すことが、果たして正解なのだろうか。

思い返せば自分から誰かにさよならを告げた経験がない。

深い関係になったのもふたりだけで、一度目の別れはまったく参考にならないので困ってしまった。

朔也にとっては、これからのことは未知の領域だった。

具体的なことはなにも決まらないまま、ついに室生の部屋の前に到着する。

呼び出しのチャイムを鳴らすと、ドアはすぐに開いた。

「朔也」

出迎えてくれた室生の顔を見た途端に、緊張したのか朔也の頭のなかが白くなった。

まずはなにを言うべきか。挨拶か、お礼か、謝るのか。

とにかくなにか言わなくてはいけないのに、頭がうまく働かない。

そんな朔也の様子を見ていた室生は、ふっとため息をこぼして苦笑した。

「とにかく、なかへお入り」

いつかの夜のように、苦い夢を見て眠れなくなって、連絡もなく部屋を訪れたときのように、室生は朔也をなかへ招き入れてくれた。

促されてリビングのソファへ座る。

こんなに緊張しながらこのソファへ座ったのは初めてだ。

いったん姿を消した室生が戻って来ると、手にはマグカップをふたつ持っていた。

それぞれテーブルの上に置き、室生は朔也から少しばかり距離を開けて隣に座った。

マグカップから温かそうな湯気が立ちのぼっている。きっと朔也の好みの、砂糖少々とミルク多めのカフェオレだ。

訊かなくても互いの好みがわかるくらいの時間を重ねてきたのに、こんな結果になってしまった。

昨日の今頃は、こんな未来になるとは欠片も考えなかった。

「……室生さん」

なにをどう伝えたところで、この優しい人に嫌な思いをさせる。

すべて自分が悪い。わかっているのに、朔也はまだ悪あがきをして、少しでも室生の負担にならないような言葉を選ぼうとしている。

呼びかけたまま言いあぐねていると、

「確かめて、答えは出たようだな」

きりがないと思ったのか、室生のほうから話をふってくれた。

「室生さん、ごめんなさい」

最初から謝るのは狡いとわかっている。でも申し訳なくて、朔也はソファから立ち上がり、室生に向かって深々と頭を下げた。

「あいつを忘れることはできなかったか」

頭を下げたまま頷くと、大きな手のひらが、髪を軽く撫でる。

「とにかく座れ」

促され、ソファに座り直した。

「その顔を見ればわかる。よりを戻したんだな」

「本当にごめんなさい。室生さんという恋人がいるのに、室生さんはオレを信じて送りだしてくれたのに」

室生は、ふっとため息をついた。

「いいよ。確かめてこいと、背中を押したのは俺だ。こうなる可能性もあるとわかってた」

「全部オレが悪いんです。室生さんといるほうがずっと安心できるし、間違いなく幸せになれるとわかってるのに」

「……それでも、選んだのはあいつなんだろう。強気で迫られて拒めなかったか」

そう言われて、ホテルで別れ際に敦之から貰った言葉を思いだした。

『全部俺が悪い。俺に流された結果だって言えばいい』

自分を悪者にしてかまわないと、話が穏便に済むように敦之は気遣ってくれたが、やはり朔也にはできなかった。

もしかしたらバカな選択をしたのかもしれないと思う。

室生を選んでおけばよかったと後悔する日が来るかもしれない。

「拒めませんでした。あいつの顔を見て、やっぱり好きだと思ったら、もう無理でした。オレのなかのどうしようもない気持ちが、あいつのことを諦めてくれないんです」

敦之に手をのばさずにはいられなかった。

「……そうか。それなら同居の件は白紙だな。一緒に家具を選びに行く話も。それでかまわないか」

「……ごめんなさい」

「同じ職場で、しばらくはやり辛いだろうが、まあ慣れるしかないな」

「はい。仕事に私情は持ち込みません」

「休暇が明けたら、上司として、またよろしく頼む」

「……こちらこそ。いままでありがとうございました」

朔也はソファから立ち上がり、室生に向かって深々と頭を下げた。

貰っていた玄関の鍵をその場で返し、ドアを開けて廊下へ出る。

ドアが閉まる音とともに、長いような短いような、室生朋良の恋人だった時間が終わった。


室生との話し合いを終えて、いっぺんに気が抜けた朔也は、自転車を押して歩きながらアパートへ戻った。

狭い部屋でソファの代わりにもなっているベッドに力なく座り、そのままなにをするわけでもなくぼんやりしていると、上着のポケットに入れていたスマートフォンが振動して着信を知らせる。

画面を確かめると、表示されていた名前は敦之のものだった。

「……はい」

『朔也』

敦之の声が耳に入ると、嬉しいようなせつないような気持ちになって心が揺れる。

通話の向こうから、どう言おうか迷っている様子が伝わってきて、朔也は小さく微笑んだ。

「ちゃんと話をしてきたよ。上司と部下に戻って、またよろしくって言われた」

『……そうか』

ほんの少し口角を上げて笑った敦之の顔が、頭に思い浮かぶ。

ほっとしたような、けれども単純に喜んでもいられない複雑な敦之の心境が、離れていても手に取るようにわかった。

『俺が言うのは間違いだろうが、大丈夫か？』

「大丈夫だよ。でも長距離の移動で疲れたから、今日はもうこのまま寝るよ」

『そうだな。ゆっくり休め』

「うん。おやすみ」

たぶん心配してかけてきてくれたのだろうに、特に次の約束をすることもなく、短い通話はそれで終わった。

昨夜情を交わした相手にするにはそっけない態度だったかもしれないけれど、いまはそこまで気遣

える ほど余裕がない。

敦之も言ったとおり、今日は早めに休んでしまおう。

まずは入浴の用意をして、温いお湯につかって身体の疲れを解いて、明日からのことはひとまず考えないでぐっすり眠ろう。

その前に少しだけと横たわったベッドで、結局朔也は、朝まで目を覚ますことはなかった。


休暇が明けて日常に戻った朔也は、いつもどおりの時間に出勤した。

もう通い慣れたと言ってもいい白いタイル張りの自社ビルの玄関を入り、階段を使って三階にある広告デザイン室まで上がる。

まだ全員の顔ぶれが揃っていないフロアには、始業前のくつろいだ雰囲気が漂っていて、のんびりとスマートフォンをいじっている先輩や、出勤途中で買い求めてきた焼き立てパンを朝食にしている同僚がいた。

それもまたいつもどおりの光景だと思いながら朔也はフロアを横切り、

「おはようございます」

若手らしくしっかりと声を出して朝の挨拶をする。

「おっ、都築、久しぶり。連休はどうだった？」

スマートフォンの画面からちらりと視線を上げた先輩が、明るい調子で挨拶に応えてくれた。

「休みは、部屋の片づけをしてたら、いつの間にか終わってました」

自分の机に荷物を置きながら、決して嘘ではないものの当たりさわりのない返事をすると、先輩はからかうように笑い始めた。

「なんだよ、色気のない過ごしかただな」

「ですよね。でも久しぶりにゆっくりできましたよ」

「まあ趣味や好みは人それぞれだからな。おまえが楽しかったならいいよ」

「ありがとうございます」

「礼を言われるようなことは言ってねえよ」

からっと明るい先輩の笑い声を聞きながら、朔也は椅子に座って机に向かい、しばらく眠ったままだったパソコンを立ち上げる。

室生の姿は見当たらなくて、まだ出社していないようだった。

室生は社外に出る仕事も多いので、必ず始業時間にデザイン室にいるとは限らないのだが、さすがに休暇明けの今日は、真っ直ぐに出勤してくるだろう。

フロアの入り口をなんとなく意識しながら、休んでいる間に届いていた社内の業務連絡を読み込んでいるうちに、業務開始時間の五分前になる。

スマートフォンをいじっていた先輩は、さっそくかかってきた取引先からの電話の対応を始め、パンを食べ終えた同僚も、担当している広告の仕上げに取りかかっていた。

朔也も留守の間にたまっていた雑用を、どの順番で片づければ効率的か考えていると、急いだ靴音が階段のほうから聞こえてくる。

フロアにいた社員全員の意識が、上がってくる靴音へと自然に集まり、

「悪い、ちょっと遅れた」

めずらしく慌てた室生が、その靴音とともにデザイン室へ駆け込んできた。

「室長、おはようございます」

「おはようございます。休み明けで寝坊したんですか？」

「いや、いつも使う道が工事で通行止めになってて、迂回《うかい》してたら遅くなった」

上司に対しても親しみやすい態度をつらぬく先輩にからかわれ、上がった息を整えていた室生が、遅刻の理由をそう説明する。

「今日は車だったんですか」

「ああ。たまに乗ったらこれだよ。朝からやられた」

行き先によって電車と車を使いわけている室生は、いつもならその程度のトラブルなど軽く対処できるくらいに余裕を持って行動するはずなのだが。

なんとなく室生らしくないように思っていると、朔也の机の傍を通り過ぎようとしていた室生と目が合った。

「あ……っ」

「おはよう、都築」

室生は見慣れた上司の顔で笑いかけてくる。

「おはようございます」

朔也はなんとか挨拶は返せたものの、まともに顔が見られなくて俯《うつむ》いてしまった。

どうしてそんなに過剰な反応をしてしまったのか、朔也は自分でもわからなくて焦った。

休暇が明けたら上司と部下に戻ると約束をしていた。

別れた恋人が同じ職場にいるのはやり辛いけれど、慣れてくれと言われて、朔也もそれを承知したのに。

朔也は考えていたよりも融通の利かない自分自身に、頭を抱えたくなった。

時間が経てば落ちつくはずだと思っていた朔也の室生への過剰反応は、いっこうによくなる気配がなかった。

室生のほうはいままでとなにも変わらず、上司として朔也を導こうとしてくれているのだが、朔也がそれをうまく受け止めることができない。

目立ったミスはいまのところ起こしていないのでまだ大丈夫だが、室生に迷惑をかけていると思うと、朔也は居たたまれなくて落ち込んだ。

朔也の勝手で別れたのに、こんな様では室生も呆れているだろう。

それでも室生は以前と同じように、朔也のこともデザイン室のメンバーのひとりとして、たまに昼食に誘ってくれる。

朔也にとっては信じられないことだった。元から公私の区別をつけるのがうまい人だったが、これほどまでに完璧に上司に戻れるとは驚きだった。

室生の顔がうまく見られないのは、罪悪感があるからだ。

優しい人を裏切ってしまったという想いが、胸にこびりついて消えない。

室生とうまく接することができない自分への苛立ちは、次第に敦之との関係にも影響を及ぼすようになった。

食事や休日に会いたいと誘われても、素直に頷けないのだ。

敦之は朔也の複雑な心境を慮ってくれているのか、じっと待ってくれている。

我慢させているのがわかるのに、望むとおりにしてあげられなくて、ますます申し訳なさがつのる。

敦之を選んだはずなのに、室生への罪悪感が消えなくて、ひとりで勝手に板挟みになっていた。

そんな毎日が一月ばかり過ぎたころ。

朔也はひとつの思いつきを実行に移した。

あの桜の夜に戻ってみたら、なにかがわかるのではないだろうか。

いったんあの場所に立ち戻って、もう一度よく考えてみるのもいいのではないだろうか。

なにかが心境の変化につながるのではないだろうか。

そう思いついたら、居ても立ってもいられなくなった。

今度は電車に揺られ、朔也はひとりでこの街へやって来た。

恋愛事で仕事に支障をきたすなど、恋愛至上主義の特殊な人たちのやることだと思っていた。

誰でも感情の制御ができなくなることはあるのだと、身をもって知った。

駅からタクシーを使って東のお社の鳥居前に到着する。

参道を通って奥の拝殿へ行き、お参りを済ませて、遊歩道へ向かう。

あの夜に咲き誇っていた桜はすべて散り、いまは緑の葉が初夏の風にさやさやと揺られている。

祭りの夜と同じように東のほうから出発して、新緑の並木道をゆっくりと歩いた。

道を横切るのも大変なほど人が行き交っていたこの場所は、いまはとても静かだ。

目に留まるのは、のんびりと散歩を楽しんでいるらしいお年寄りや、リードをつけた犬と散歩している人くらいだ。

あのときもこのくらい見通しがよければ、室生とすんなり合流できて、いまも恋人のままだったかもしれない。

実際にはなかったことをつらつらと考えるのをやめられないまま、歩みを進める。

少しばかり道幅が広くなってきたところへ差しかかり、そろそろ目指していた並木道の中間あたりだと考えていると、

「やっと会えたーっ」

歓喜にみちた甲高い女性の声が飛んできて、朔也はびっくりした。

「なにおまえ、そんなところで休んでるんだよ」

「だってこのあたりがちょうど真んなかくらいなんでしょう?」

いつの間にか下を向いていた顔を上げると、進行方向にいる大学生くらいのカップルが、手を取り合っている。

「でもちゃんと会えてよかったあ。お祭りの夜じゃないけど、ご利益あるといいね」

「さあな」

ふんわりとした長い髪を揺らしながら笑う彼女と、背の高い青年。

「やっぱり夜桜も見たかったなあ」

「バイトが休めなかったんだから、仕方ないだろ」

彼のほうは、返す言葉はぶっきらぼうだが、彼女を見る瞳はとても優しい。

どうやらふたりは、夜桜祭りの当日は彼の都合で来られなかったため、いまその真似事をしていたようだった。

彼の都合がついていれば、あの夜にどこかですれ違っていたかもしれないふたり。

明るい陽の下で、邪魔になる人混みもなく、両端から歩いてくるのは簡単だっただろうに、会えたことを喜ぶふたりが純粋に微笑ましい。

こちらまで、ほっこりとした温かい気持ちになって、つい、くすっと笑ってしまった。

慌てて口元を押さえ、なんでもないふりをしたのだが、ふたりには気づかれてしまった。

「笑われちゃった」

「おまえの声が大きいせいだろ」

　こそこそとささやき合うふたりに、申し訳ない気持ちになる。

　朔也は、わざとではないとはいえ盗み聞きしていたことを詫《わ》びるつもりで、軽く会釈《えしゃく》をした。

「すみません。オレも夜桜祭りに挑戦したことがあるので、思いだしてしまって、つい」

「お兄さんも歩いたことがあるんですか⁉　相手のかたとは会えましたか？」

「おまえ、はっきり訊きすぎ！」

　朔也の言葉に食いついたのは彼女のほうだった。

　興味津々で身を乗りだした彼女を、彼が諫《いさ》めている。

「だって気になるよ」

「もし会えてなかったらどうするんだよ」

「あっ……」

　その場合もあったのだと、口に手を当てて黙り込んだ彼女に、朔也は笑みを誘われた。よくも悪くも素直な子なのだろう。どこか憎めない気がした。

「会えましたよ」

　微笑みながら返事をしたら、彼女の目が驚いたように丸くなる。

「ちょうど、あのあたりかな」

答えながら、敦之が立っていた一際見事な桜の木へと目を向ける。

夜の暗がりのなか、かがり火のおかげか、そこだけがぼうっと明るく見えていたのを思いだす。

会えたのは結果的に予定とは別人だったし、敦之に限って言えば三年越しの約束だったが、確かに自分は会えていた。

「わあ、いいなあ」

「来年また来ればいいだろ」

「いいの!?」

未来の話をする明るいふたりをどこか羨《うらや》ましく感じながら、そろそろ頃合いだろうと、朔也は立ち去ることにした。

「それじゃあ、オレはこれで」

「あっ、いいお話を聞かせてもらってありがとうございました！」

「いえ、お幸せに」

「ありがとうございます」

無邪気に手をふる彼女に頷き返して、朔也は東へ行くために背中を向ける。

「いい人だったね」

「おまえ、遠慮がなさすぎ」

「そうかな」

ふたりはどうやら朔也とは逆の東のお社へ向かうようだ。

去り際にかけた言葉のとおり、末永く幸せになればいいなと思った。

下見のときにしか通らなかった東寄りの道を黙々と進んでしばらくすると、桜の木の下に人影を見つけた。

それは朔也の祖母くらいの年頃の女性で、小さな花模様の割烹着《かっぽうぎ》を着て、手には竹箒《たけぼうき》と塵取《ちりと》りを持っている。

歩調をゆるめずに近寄ると、どうやらその女性は、木の根元にあるゴミを掃除しているようだ。塵取りには、落ちた葉やたばこの吸い殻が入っていた。

こうした人たちが木々を大切に守っているから、桜は来年もまた見事に咲くことができるのだろうと、感慨深いものを感じながら歩いていると。

「……ん？」

次のゴミを拾いに行くのか、女性が竹箒と塵取りを持って歩きだすと、ぽとりとなにかが地面に落ちたのに気づく。

少し足を速めて確かめると、それは薄い桜模様のハンカチだった。

朔也はすぐにそれを拾い上げて、そう遠くへは行っていない小さな背中に声をかける。

「あのっ、落とされましたよ」

声に反応して振り向いた女性に、朔也は駆け寄ってハンカチを差しだす。

「あらっ、ハンカチ。わざわざすみません」

ハンカチが自分のだと気づいた女性は、慌てて竹箒と塵取りを自分の足元に下ろした。

そっと受け取りながら、女性はじんわりと滲《にじ》むような微笑みを浮かべた。

「ありがとうございます。よかったわ、これ、大事なものなの」

それはそれは大切そうに手に持ったハンカチを見つめている。

すぐに立ち去る気配もないので、朔也は何気なく思いついたことを口にした。

「いつも掃除をされているのですか？」

「ええ。この並木は全部が桜なの。満開のころにはお祭りがあってね、それは綺麗なのよ」

「夜桜祭りですね。オレも今年参加しました」

「まあ、そうなの」

女性は驚いたように目を丸くし、なにかを考えると、問いかけるように首を傾げた。

「あなた、先を急ぐの？」

朔也もつられて首を傾げる。

「いいえ、特に予定は立てていませんが」

「それなら、この先の休憩所で、お茶でもいかが？　ハンカチのお礼にご馳走させて」

「いえ、そんなたいしたことはしていませんから」

ハンカチを拾った程度でご馳走してもらうのは気が引ける。

こちらから話しかけたことで、かえって気を遣わせてしまったかもしれない。

「いいえ、あなたが拾ってくれなかったら、無くしていたかもしれないもの。さっきも言ったとおりこれは大事なものなの」

女性はハンカチについた埃を丁寧に払って、大切そうに割烹着のポケットにしまった。

「迷惑をかけついでに、老人の世間話に少しだけつき合ってくれないかしら」

にっこりと笑うと、女性は確かに肌にしわが目立つような年頃だが、笑顔は愛嬌があって、可愛らしい印象がある。

伝えたとおり、次の目的があるわけでもない。

予定外の出来事や地元の人との交流も旅の醍醐味《だいごみ》だろうと、朔也は胸のなかで白旗を上げた。

「それじゃあ、お言葉に甘えて」

「よかった。それじゃあ、行きましょうか」

朔也もゴミ拾いを手伝いながらしばらく歩き、途中で細い横道に逸れてゆるい坂をのぼると、その先には公園があった。

「こんな場所があったんですね」

昼間に下見をしたときには気づかなかった。

公園には休憩ができる東屋やベンチがあり、飲み物の自動販売機も設置されている。

「ペットボトルのものになるけれど、どれが好きかしら？」

女性が割烹着のポケットから小銭袋を取りだして開く。

「いえ、充分です」

会ったばかりの女性に奢らせるのはやはり気が咎めたが、そんなやり取りも楽しそうにしているので断りきれない。それで彼女が満足するならばと、朔也は冷たい緑茶をお願いした。

女性は自分用の紅茶も買って、ふたりは木製のベンチに並んで座った。

ここからだとすぐ下に桜並木が見える。

連《つら》なる緑の道は、歩いて来たときはわからなかったが、ところどころがゆるやかな曲線を描いていて真っ直ぐではなかった。

「今年のお祭りに来てたって言ったわね。お相手とは無事に会えたの？」

今日はよくこの話になるなと思いつつ、祭りの醍醐味だし、話題になるのも仕方がないかと、朔也は曖昧に笑い返した。

「ええ……まあ、はい」

「複雑な顔ね。うまくいかなかったのかしら」

「いえ、会えたんですけど……」

簡単には説明できなくて、朔也は言葉を濁した。

ふたりのことを考える時間がほしくてここまでやって来たのだが、図らずもその目的は叶っているようだ。

なぜこんな成り行きになったのか不思議だった。

小さな公園は陽当たりがよく、見晴らしのいい眺めはのどかだ。

柔らかく風が吹き抜け、ときおり鳥のさえずりが聞こえてくる。

「若いっていいわね。私も若い頃に戻れるなら、またお祭りに行って、今度こそお爺《じい》さんと、ちゃんとめぐり会いたいものだわ」

どういう意味だろうと、朔也は首を傾げる。

すると女性はどこか悪戯っぽい笑顔で、内緒話をするように言った。

「私ね、お祭りに一緒に行った人じゃなくて、別の人と帰って来ちゃったのよ」

「えっ……？」

どこかで聞いたような話に、朔也は目を丸くした。

「懐かしいわね。もう何十年も前の話よ」

そう言って女性は、うっすらと微笑みながら、遠くを見るような目をする。

自分とよく似たような経験をした人と、こうして一緒にお茶を飲んでいる。

こんな偶然があるのかと、不思議さに心が揺れる。

自然と口がほどけていた。

「オレも、です。行きと帰りで、相手が別の人になってました」

「あらまあ、そうなの。同じようなことをした人と話ができるなんて、これもなにかのご縁かしらね」

驚いて目を丸くした女性はころころと笑った。

「そう……あなたも……」

ポケットから取り出したハンカチに目を落とす。

「あの人が引き合わせてくれたのかしらね」

しみじみとした呟きが、どこか寂し気に聞こえて、朔也はそっと首を傾げた。

「……あの……」

「……そうね、老人の昔話なんて退屈でしょうけど、よければ聞いてもらえるかしら。あまり人に話したことはないのだけれど、偶然が結んだご縁ということで」

同じような経験をした人の話に興味を引かれた。

もしかすると朔也が抱える悩みを解決するのに参考になるかもしれない。

「こんな若造が相手でもよければ、喜んで」

そう答えると、女性はありがとうと微笑んだ。

「私は実家が客商売をやっているせいで、ご縁があって、わりと若い頃に縁談がまとまったの。お相手もいい人だったから、あまり抵抗もなく婚約を承知して、そのまま何事もなく一緒になるのだと思っていたわ」

結婚は親が決めるような封建的な時代は過ぎていたが、家同士のつり合いは重要視されていたころのことだという。

「確か、結納《ゆいのう》の日取りが決まるかどうかというころだったわ。相手のかたから夜桜祭りに誘われて、一緒に行ったの。お祭りの噂はよく知っていたから、若い私ははしゃいでしまって、新しく買ってもらった下駄と、一番のお気に入りの浴衣《ゆかた》を着て行ったの。でもね、どれだけ捜してもその人には会えなくて、はき慣れない下駄で足は痛いし、途中で転んでしまって浴衣は汚れるし、散々だった。そんな途方に暮れていたところを助けてくれたのが、後に夫になるあの人だったのよ」

女性の指が、膝の上に置いていたハンカチの縁《ふち》を、愛し気にそっとなぞる。

「面識はあったけれど、それまでろくに話したこともなかったその人は、私を背負って家まで連れて帰ってくれたの。一緒に行った人じゃなくて、別の人と帰って来ちゃったという話の真相が、これね」

秘密を打ち明けてくれた女性は、また悪戯っぽい目をしていた。

「会えなかった人とは、それからしばらくして、家の事情で破談になってしまって。新しくお話をいただいたお相手が、お祭りで会ったあの人だと知ったときは、お社の神様の教えは本当だったのねって思ったわ」

「それで、ご結婚されたんですか？」

「ええ。大変だったことも苦労したこともたくさんあったけれど、概《おおむ》ね楽しい毎日を送らせてもらったわ。もっと長生きしてくれたら、もっともっと楽しかったのに、それだけは残念ね」

「それは……ご愁傷様《しゅうしょうさま》です」

「ああ、ごめんなさい。しんみりする話じゃないの」

ふたりの間にただよった空気を変えるように、女性はぱたぱたと胸の前で手をふる。

「あの人が逝《い》ってしまう数日前にね、訊かれたことがあるの。『僕は、あなたのなかで一番の人になれましたか？』って。あの人ね、ずっと私が、破談になった前の人に心を残してるって思い込んでたのよ。困った人でしょう？　ちゃんと誤解を解いて見送ることができたからよかったものの、言ってくれなかったら、知らないままだった」

ちゃんと本心を伝えられてよかったと、女性は晴れ晴れとした表情で空を見上げた。

他の人を想う妻の傍に、愛情を持って居続ける。

どんな気持ちだったのか、朔也には想像もつかない。

「あなたの事情は私とは違うでしょうけど、沈んだ顔をしているのは、なにか理由があるの？」

「それは……」

「どうせもう会うこともないおばあちゃんよ。なんなら秘密は墓まで持って行ってあげるから、胸に溜まったものがあるなら、吐きだしていきなさいな」

まるで背負った重い荷物を軽くする手助けするような調子で言ってくれる。

女性の詳しい話を聞いたせいか、自分の事情を話すことへの抵抗はいつの間にか薄れていた。

「オレの場合は、一緒に帰った別の人が、昔つき合っていた人でした」

ほんの数時間前まで未来の話をしていた優しい人を置いて、別の人の手を取った。

「その人とは少し前に再会していて、でも自分にとってはもう過去の人だから、いまの恋人を大切にしよう、一緒に幸せになろうと思っていたのに、自分の本心を確かめる機会を与えられて、結果的に選んだのは、恋人ではなく過去の人でした」

性別まで教える必要はないので、曖昧にぼかして説明する。

「過去の人のことが、ずっと好きだったの？」

朔也は首をひねった。

「終わったことだと、もう整理はついていました。頭ではそう考えていました。でも感情がついてこなかったというか、手を離せませんでした」

「それなら、晴れない顔をしているのは、過去の人の手を取って後悔しているからなの？」

「いいえ。後悔はしていません。ただ、さよならをした人への罪悪感が未だに消えなくて、そのせいで過去だった人とうまくやり直せないんです」

敦之も室生も悪くない。自分が勝手に罪の意識を引きずって、勝手に悩んでいるだけだ。

「いっそのこと、どちらとも離れてひとりになれば楽かもしれないと思うのに、やっぱり手放すのは嫌なんです」

静かに話を聞いてくれた女性は、しばらく一緒に考えるように頬に指を添えていたけれど、困ったように眉をひそめた。

「あなたにとっては、とても難しい問題なのかもしれないけれど、私にはもう答えが出ているように思えるわ」

「えっ？」

朔也は驚いて目を丸くした。

どこに出口があるのかわからない、まるで迷路を歩いているような気分だったのに、すでに女性は出口を知っているというのだ。

「オレはどうすればいいのか、わかりますか？」

「いま聞いた話で、私が感じたことを話してもかまわない？」

「はい。お願いします」

朔也は神妙な心地で女性の声に耳を傾けた。

「悩んで足踏みすることもときには大事だけれど、それを理由にあとずさりしていたら、どこへも行けないし、なにも始まらないわ。恋人だった人は、あなたがいつまでも罪悪感を抱えていて喜ぶような人なの？」

「……いいえ、とても優しい人です」

そのひと言では言い表せないくらいに、とても朔也を大切にしてくれる人だった。

「その人とは、なにか話をした？」

「別れ話をしに行ったときに。謝るのはこちらなのに、逆に気遣われてしまいました」

「それだけ大事にしてもらっていながら、まだその人を罪悪感の理由にするの？　お別れした人があなたに反省を望んでいないのだとしたら、いつまでも引きずられるのは迷惑というものよ」

なかなか手厳しい言葉だったが、朔也は、はっと胸を打たれた。

「そんな素敵な恋人と別れてでも選んだ人でしょう。せっかく途切れた縁を結び直したのなら、また途切れないように大切にしないと」

「……そうですね」

「人生ってね、気づくとあっという間なのよ」

女性はまた、膝の上のハンカチに目を向ける。

「いつかは、そのうち、なんてずるずると引きずっていたら、あっという間に年を取ってしまうものなの」

年齢を重ねてきた人の言葉は重く、胸にじんわりとしみ込んだ。

「あなたはまだ伝えることができるのだから、踏みだす勇気を持って」

「……はい」

頷きとともに返した声は、さやさやと吹き抜ける風に運ばれていった。


休み明けの月曜日。

朔也は気合いを入れて、いつもよりかなり早めに出勤した。

自分が一番乗りだと思っていたのに、デザイン室のフロアにはすでに室生の姿があった。

室生は週末の間に溜まっていたメールのチェックをしているようだった。

「おはようございます」

「おはよう。早いな」

荷物を置いて、作業に取りかかる前に、朔也は室生の机の傍へ行った。

「室生さん」

声をかけると、室生は液晶画面から顔を上げる。

「ご相談したいことがあるので、近いうちに時間を取ってもらえますか？」

緊張しながらそう切りだすと、室生は朔也の真意をはかるようなまなざしを向けてきた。

「長くかかりそうな内容なのか？」

「場合によっては」

室生は腕時計で時間を確認すると、席を立った。

「まだ時間があるから、下へ行こうか」

人気の少ない階段を一緒に下りて、一階にある小さいほうのミーティングルームに入る。

ドアには使用中の札を出しておいた。

ふたりきりで向き合うと、次第に緊張感が高まってくる。

「それで、相談とは？」

室生のほうから話をふられ、朔也は思いきって考えてきたことを口にした。

「突然の話で申し訳ありませんが、会社を辞めることにしました」

驚いたのか、室生はわずかに目を見開いた。

「それは決定なのか？」

「はい。もちろんいますぐというわけではなく、会社の規定どおりに、任せられている案件を仕上げて、引き継ぎ等を終わらせてからだと考えていますが。それまではお世話になります」

ぺこりと頭を下げると、室生は難しい顔をしながら訊ねてきた。

「理由は？」

訊かれることはもちろんわかっていたので答えを考えてきたのだが、考えるほどに簡単には説明できなくなっていた。

室生に判断を任せるつもりで、朔也は一度、深呼吸をする。

「どちらを答えればいいですか？　室生さんの部下としての理由と……元恋人としての理由と」

いまの立場で望むほうでいいと思って答えを待てば、

「両方だ。両方とも教えてくれ」

室生はどちらも訊きたいと返してきた。

「わかりました。ひとつは、インテリアに関わる仕事をしたくなったからです」

なったんです」

「室生さんに指摘されるまで、家具やインテリアは、オレにとって、ただの好きなものでした。仕事にしようと考えたこともありませんでした。でもそういう道もあるのだと自覚したら、やってみたくなったんです」

「目指すのはいいとして、あてはあるのか？」

「いいえ、まだこれからです。専攻したのが商業デザインだったので、勉強して、資格を取って、それからです。仕事として成立するかもわかりませんが、でも人生はあっという間なので、やれるときにやっておこうと思っているんです」

桜の木を守っていた、朗《ほが》らかな女性が教えてくれた。

悩んで足踏みをしていても、どこへも行けないし、なにも始まらないと。

「それが、部下としての理由か」

「はい」

「元恋人としての理由は？」

「辛いです」

率直に本音を言うと、室生は真顔になった。

「オレが勝手に罪悪感を抱いているだけで、室生さんにとってはそれこそいい迷惑だとわかっていま
「インテリア？」

すが、やっぱり辛いです」

「朔也……」

「オレは室生さんの恋人として過ごした時間を、なかったことにできません。辛かったときに励ましてもらったこと、支えてもらったこと、優しくしてもらったことをいまでも感謝しています。上司と部下に戻ったからといって、スイッチを切り替えるみたいに気持ちを変えることができません。きっとそこまで人間ができていないんです。仕事に私情を持ち込まないなんて、そんなのは無理でした。だからここから離れることにしました」

それほど朔也にとって室生は大切な存在だったのだ。

ずいぶんと勝手なことを言っているのは自覚している。仕事仲間として寄せてくれた室生の期待に応えられなかったのだから、幻滅《げんめつ》されても仕方がないと覚悟もしている。

黙って話を聞いていた室生は、深いため息をつくと、表情を引き締めた。

「わかった。そういうことなら、俺から上に話をしておく。俺といるのが気まずいだけなら、思い止《とど》まらせるところだが、将来を見据えての転職なら、俺がとやかく言うことはない」

「室生さん」

「可愛い部下がいなくなるのは寂しいが、近い業界だ。どこかですれ違うこともあるだろう」

室生にわかってもらえたことが嬉しくて、ほっとした。

「公私混同で悪いが、俺からも、ひとついいか？」

「はい？」

「ちゃんと別れてやらなくて悪かった」

「えっ……？」

朔也は首を傾げた。

「祭りの次の日。話をしに来てくれた朔也に、俺はあえて自分本位に話をすすめた。気づかなかったか？　俺はおまえに、別れようとも、さよならだとも言わなかった」

「それは……」

よくよく思い返してみれば、確かにそうだったかもしれない。

「はっきりとした言葉で終わらせなかったのは、俺の未練だ。朔也を手放したくなかったからだ。上司としてでも傍にいれば、いつかは朔也の心が揺れるときが来るかもしれないとも考えた。諦める気なんてなかった」

「でもそれは室生さんが優しいからで、オレの負担を軽くしようと考えたからで……」

そんなふうに素直に受け止めてくれる朔也が好きだったのだと、室生は苦い顔で笑う。

「ここから離れる決心がついたということは、もう俺の出番は終わったということだな」

苦笑はどこか吹っ切れたような微笑みへと変わり、朔也は大きな手のひらに頭を撫でられた。

「さよならだ、朔也。あいつと幸せになれ」

「室生さん……っ」

なんでいまこのときにまで、そんなに優しいことが言えるのだろう。

室生という男は、どれだけ朔也に甘いのだろう。

ぐっと喉に込み上げた熱さを、必死に堪えながら見つめ返していると、

「あと十分で始業時間だ。その赤くなった目をどうにかして、早く作業に取りかかれ」

ちらりと腕時計で時間を確認した室生に言われた。

厳しい上司の口調でいながら、まなざしはとても優しかった。

「はい」

朔也は部下らしい返事をして、潤んだ目を冷やすために洗面所へ急いだ。


その日の仕事を定時で終えた朔也は、自宅へ帰る途中で敦之に電話をかけた。

向こうはまだ仕事中かもしれないが、なんとなく待ちきれなかったのだ。

応答がなくても仕方がないとあまり期待しないでいたら、通話はすぐにつながった。

『朔也？』

こちらから連絡をするのは少ないせいか、いぶかしむ様子が名前を呼ぶ声だけでも伝わってくる。

「うん。今日、仕事遅いの？」

『いや、もう上がるところだが』

「晩ごはんを一緒に食べない？」

再会してから初めてかもしれない朔也からの誘いに、通話の向こうで息をのんだ気配がした。

そんなに驚かれるのは心外だったが、無理もないと思い直した。ここしばらくは敦之を避けていた自覚があるし、黙って放置していたことを責められても反論できない。

反省しつつ返事を待ったがなにも聞こえてこないので、朔也はそっと肩を落とした。

いきなり誘ってしまったし、敦之にもいろいろと都合があるだろう。

気が逸りすぎていたようだ。

「……忙しいならまたの機会でもいいけど」

『この前に行った中華の店、憶えてるか？』

今夜は無理そうだと諦めかけたところで、敦之の声に引き止められた。

「憶えてるけど」

『いまから向かうから、店の前で』

「わかった。じゃあ、あとで」

通話はそれだけで終わる。

朔也は耳から離したスマートフォンに目をやりながら、なんだか悔しい気分で呟いた。

「オッケーなら、無言で焦らすなよな」

だが約束を取りつけて、まずはひと安心だ。

朔也は最寄り駅へ向かう足を無意識に速めた。

電車を乗り継いで二十分ほどで店に到着すると、すぐに敦之の姿を見つけことができる。

「お待たせ。ごめん、オレのほうが遅かった」

「いや、俺もついたばかりだ」

敦之が開けてくれたドアをくぐって店内に入り、今回は個室ではなくて、丸いテーブル席に落ち着いた。

「どれにしようかな」

メニューを開いていざ注文をしようとすると、敦之が迷いなく前回と同じコース料理を選んだので朔也は慌てた。

「今日はコースじゃなくてもいいだろ」

「俺は腹が減ってる。がっつり食いたい」

食欲旺盛なのはかまわないが、品数豊富なコースを頼むとなれば、それなりの値段になる。

前回は仕事だったために経費でどうにかなったが、外で食事をするたびにこれでは、財布の中身に大打撃だ。

とくに朔也は転職を決めた身なので、先のことを考えるとあまり贅沢はできない。食費も節約しなくてはいけないと考えていた。

「こっちのセットメニューでもいいんじゃないかな」

「でもおまえも気に入っていただろう、この炒飯《チャーハン》」

だが敦之にそう勧められると、ダメとは言い切れない自分がいる。

「デザートもついてるぞ」

メニューの写真をこちらに見せてくる敦之に譲歩する気はまったくないのだとわかって、朔也はあからさまにため息をついてみせた。

「仕方がないなあ」

希望どおりのコース料理を注文して、朔也はテーブルにあったお冷のコップを手に取る。

「俺が食べるんだから、俺が払うぞ」

「なんでだよ。オレもちゃんと払うよ」

「俺のほうが食うだろ。割り勘だと朔也が損をする」

「いいよ。そのぶんは別のもので返してもらうから」

そう返すと、今度はなぜか敦之のほうが引き下がることになった。

順番に運ばれてきた料理で腹を満たし、デザートに手をつけたころには、ふたりの間はすっかりくつろいだ雰囲気になる。

「このあと、どうする？」

食事の終わりが見えてきたせいか、さりげなく敦之に訊かれた。

食事以外にも目的がある朔也は、迷わずに答える。

「話があるんだ。オレのアパートか、敦之の部屋へ行きたいんだけど、だめか？」

最初から用意していた言葉を伝えると、敦之が真顔で固まった。

「……敦之？」

「難しい話か？」

「どうだろう、報告したいこととか、いろいろあるんだけど」

やはりいきなりでは都合が悪いかと、慌てて言い直す。

「もちろん、忙しいならあいてる週末でもかまわないよ。急ぎじゃないし」

「いや、大丈夫だ。俺の部屋に来るか？」

「本当にいいのか？」

無理をしているのではと心配になり確認してみるが、敦之は返事をためらっていた先ほどとは違い、あっさりと頷き返してくる。

「ああ、問題ない。朔也のほうこそいいのか？」

「なんで？　誘ったのはこっちなのに」

「話が終わったあと、簡単に帰せるかわからないが、それでもいいのか？」

帰せないという言葉の意味を理解して、朔也の頬が熱くなった。

とっさに手のひらで隠したけれど、敦之には気づかれただろう。

そういうつもりではなかったのだが、話の流れでどうなるかはわからない。

「それは、まあ……成り行きで」

お互いの家を訪ねるのも、再会してからこれが初めてなのだ。

「わかった。行くぞ」

曖昧な答えでも納得したらしい敦之は、テーブルの隅に置かれていた会計伝票を取ると、さっさと席を立った。

「待てよ、オレも半分払うからな」

朔也も慌てて荷物を持ってあとを追うものの、敦之にまとめて支払われてしまう。

レジの前でごねるような見苦しいまねはできないので、しっかりとレシートを受け取り、あとで敦之に半額ぶんを渡すことにして、ふたり揃って店を出た。

最寄《もよ》り駅で電車に乗り、郊外へ向かう路線の駅を五つ数えたところで降りる。

その駅の周辺は新しく開発された商業施設が並んでいるが、路地裏には昔ながらの商店街がいまも残っているような住宅街だった。

「こっちだ」

敦之の案内で商店街を歩き、途中にあるコンビニに立ち寄って飲み物を買う。

軽い坂道をのぼってようやくたどりついたのは、築浅らしい外壁の綺麗なアパートだった。

初めて足を踏み入れた敦之の部屋は１ＤＫで、朔也の１Ｋの部屋よりも広い。

先に玄関に入った敦之が、大まかな間取りの説明をしてくれた。

「右のドアがトイレ。左が洗面所。正面がキッチンで、その奥がベランダ。キッチンの左が寝室だ」

リビングとしても使えるほどダイニングが広いので、左側にある部屋は寝るためだけに使っているそうだ。

敦之のあとを追って入ったキッチンは、木製のローテーブルと低めのソファと、テレビくらいしか家具のないシンプルさだった。

「適当に座ってくれ……って言うのも、なんか変な気分だな」

ほんの一年半ほどの間だったが、一緒に暮らしていた仲なのに、他人行儀な気がしたのだろう。

「そうだね」

朔也も微妙な気がして頷くと、部屋の隅に荷物を下ろしてローテーブルの傍に座った。

とっぷりと陽が暮れた住宅地は、ときおり犬の鳴き声が聞こえてくる他は静かだ。

コンビニで買ってきた飲み物はひとまずキッチンに置いて、コーヒーを淹れてくれた敦之も、テーブルの角を挟んで朔也とはす向かいの位置に腰を下ろした。

とりあえずカップを受け取ると、憶えのある香りが鼻をくすぐる。

「……これ」

それは敦之とふたりでコーヒーの飲み比べを楽しんでいたころに、朔也が一番に好んで飲んでいたものだった。

敦之は知らんふりをしているが、間違いないだろう。

未だに憶えていて用意してくれたのかと、朔也の胸が嬉しさでじわりと温かくなった。

まだ熱いカップにそっと口をつけてみると、やはり懐かしい味がした。

「それで、話があるって言ってたよな」

照れくさいのか早口になった敦之に本来の目的を促されて、朔也はここへ来ることになった大切な要件を切りだした。

「うん。実はオレ、会社を辞めることにした」

「……なに？」

どうやら敦之にとっては予想外の内容だったようで、驚いた顔のまま固まっていた。

「本当なのか？」

「本当だよ。今日、室生さんに話した」

「なぜだ。理由は？」

合同企画で作業をする姿しか見たことはないが、楽しそうに仕事をしていただろうと、敦之は首を傾げている。

「理由は、やりたいことを見つけたのが半分。あとは室生さんの傍にいるのが心苦しいというのが半分かな」

大まかに要点だけまとめて説明をすると、敦之は真剣な表情で目を細めた。

「なんて話したんだ？」

「そのまま。全部聞きたいと言われたから、正直に全部話したよ」

「……傍にいるのが心苦しいとか、それもか」

「うん。全部」

正直に伝えないと、納得してもらえないような気がしたから。

あの優しい人に、嘘やごまかしを言うのは嫌だった。

「俺が言える立場ではないが、それで室生さんは？」

「わかってくれた。まあ引き継ぎとか、やることはまだいろいろとあるし、明日すぐに辞めるわけでもないしね。でも敦之には早めに報告しておこうと思って」

「当たり前だ。そんな大事なことを黙っていたら怒るぞ」

「……辞めると決める前に相談してほしかったったとは、言わないんだね」

てっきりなにか言われるものだと思っていたので、朔也は少しばかり拍子抜けしていた。

けれども敦之は、なぜそんなことを言うのだろうという顔をしている。

「相談したいならいくらでも聞くが、でも朔也は自分で決められる男だろう」

余計な手助けはむしろ邪魔になるだけだと、やけに達観したようなことまで言われた。

「それは、オレを認めてくれているということ？」

訊ねると、敦之は深く頷いた。

「皮肉を言うわけではないが、朔也は別れるときも自分で決めて動いた。俺なんかよりずっと潔いやつだと思ってる」

めったに誰かを褒めたりしない敦之の言葉は、それだけに重みがある。

人として、男として、目の前の男に信頼されているというのは、この上ない喜びだった。

「辞めたあとのことは、具体的に決まっているのか？」

「まだなにも。これからかな」

「そうか。まあ、頑張れ。俺が力になれることがあるなら、なんでもしてやる」

「ありがとう。頼りにさせてもらうよ」

「俺にできるのは、そのくらいだからな」

敦之は真摯な表情で冷めかけたコーヒーカップに手をのばした。

「……あと、もうひとつ。いまさらかもしれないけど、室生さんとちゃんと別れた。それも報告しておくよ」

できるだけ淡々として聞こえるように意識をして告げると、カップをつかんだ敦之の指に、ぐっと力がこもったのがわかる。

敦之は、その報告が自分にとってどんな意味を持つのかを探るように、朔也の目をじっくりと見つめてきた。

「……それは、朔也が俺を拒む理由がひとつなくなったということか」

「たぶん、そうだね」

朔也も同じように敦之の目を見つめ返しながら、こくりと頷いた。

つい先ほどまで迷っていたけれど、やはりけじめとして敦之には伝えるべきだと思ったのだ。

退社の意思を伝えたあとの室生とのやり取りも、本当の意味でのさよならも、せつなさを含んだ激励も、大切なことはこの胸に秘めておくとしても。

優しい人を傷つけた罪悪感は未だに消せないままだけれど。

あの人の別れの言葉が力になってくれたから、こうして敦之と向かい合うことができた。

最後まで与えようとしてくれた優しさを、きちんと受け止めて次へつなげていかなければ、自分は本当にどうしようもないバカだ。

敦之はしばらくの間、時間が止まったかのように静かになにかを考えていたが、

「……そうか」

つめていた息をそっと吐きだすと、のばした手で朔也に触れてきた。

そっと、まるで繊細なガラス細工にでも触るように、朔也の髪を、頬を、顎から首を。

親指の腹が目尻をなぞり、するりと下りて下唇の上を何度も行き来する。

指の動きを追う視線が熱を帯びているのは、きっと気のせいではない。

敦之に触られたところに熱が移って、じわじわと温度を上げていく。

いま敦之がなにを考えているのか、朔也には手に取るようにわかった。

だから指から逃れるために、ゆっくりと身体をうしろに引いていく。

「……話は終わったから、そろそろ帰るよ」

今日は月曜日で、明日も通常どおりに仕事がある。

そう言うと、敦之はつまらなそうに眉を下げた。

「本当に帰るのか？」

そして届かなくなった指の代わりに、顔をぐっと近づけてくる。

「まだ電車は動いてるから」

「帰るのか？」

重ねて訊かれると、朔也の心が迷いに揺れる。

「まだダメか？　俺はいままで大人しく待っていただろう？」

「敦之……」

「朔也が心のどこかでまだためらっているのは知っている。だから無理強いはしない。でもな……」

テーブルの角を回り込んだ敦之が、朔也の肩にそっと額を預けてきた。

「たまには褒美をくれないと、大人しく待っていられなくなるぞ」

額を預けたまま顔を横に傾けた敦之に、ちらりと流し目でねだられたら、朔也の胸の鼓動は勝手に高まり、おさえようとしてもいうことをきかなくなる。

「そういうのは狡いと思う」

「なにが？」

「オレがその顔に弱いのを知っててやってるだろ」

責めるように言うと、敦之は目を細め、ふっと口角を上げて滲むように笑った。

「当たり前だろう」

いきなりただよう艶めいた気配に朔也は慌てた。

肌をくすぐられるような、そわそわして落ち着かないこの気持ちは、あまりよくない。

このままでいたら、いまに必ず目の前のこの男のすることに抗えなくなる。

「ダメだよ」

「全力で落としにかかってるんだ。せっかく朔也から来てくれたのに、逃がすはずがないだろう」

「敦之っ」

「朔也も言ったよな。成り行きでそうなってもかまわないと」

確かに自分で言った。どうなるのかは、そのときの状況で決めればいいと思ったからだ。

「帰らないよな？」

それは確認ではなく、断定だった。

敦之の熱い手のひらが、すでに朔也のシャツの裾からなかへ入り、素肌の感触を楽しむように、さらさらと腹や背中を撫でている。

「朔也」

「もう、わかったよ」

逃れられないのを自覚した朔也は、自分から敦之の背中に腕を回して抱きついた。

約束を重ねる

すっかり夏らしい匂いになった空気が、少しばかり暑さを和《やわ》らげていた、とある夜のこと。

アルバイトを終えて自宅アパートへ帰ってきた朔也《さくや》は、スーパーで購入した出来合いのもので軽く夕食を済ませ、風呂に浸かって一日の疲れを解《ほぐ》したところだった。

フローリングの床に敷いたラグマットに座って洗い髪を乾かし、ほっとひと息ついていると、スマートフォンが着信したと鳴りだす。

低いテーブルの上に置いていたそれに手をのばして見ると、かけてきた相手は想像したとおりの敦《あつ》之《ゆき》だった。

画面をタップして耳に当てると、いつもより低く感じる敦之の声が聞こえてくる。

『お疲れ。今日はどうだった?』

最近の敦之の第一声は、いつもこれだ。

「うん、まあ、ぼちぼちかな」

『……そうか』

順調だと伝えるつもりだったのに、声に混じる疲労を隠しきれなくて失敗した。

『まあ、慣れるまでは仕方がない』

「うん……ありがとう」

労《いた》わる気持ちが通話ごしでも伝わってきて、ほっと肩から力が少し抜けた気がする。

先月いっぱいでデザイン会社を円満に退社した朔也は、先日から雑貨を取り扱うショップの店員としてアルバイトを始めていた。

慣れない接客業は戸惑うことが多く、ずっと気を張っているせいかとても疲れる。

いまだに店内にある商品の説明すらひとりでは満足にできない状態だし、レジでの精算や、プレゼント用にラッピングをするにも時間がかかる。

今日こそはなんの失敗もしないようにと、毎朝気合いを入れて出勤するのだが、なかなかそううまくはいかない。

落ち込むたびに、なにも会社を辞める必要はなかったのかもしれないとか、仕事をしながらスクールに通うという選択もあったのにとか、後ろ向きな考えまで湧《わ》いてくるのが現状だった。

必要な資格を取るために、朔也は来年の春から専用のスクールに通うつもりでいる。

アルバイトは生活費と学費を稼ぐためにも必要で、自分自身で決めたことなのだが、朔也にとって新しい環境に慣れるということは、なかなかに大変なことだった。

無意識にため息をこぼしていると、敦之の声がやんわりと朔也の耳に入ってくる。

『土曜の夜、そっちに行ってもいいか？』

「えっ、うちに？」

アルバイトを始めて特に変わったのが、勤務時間と休日だった。

デザイン会社にいたころは、主な休みは日曜日や祝日だった。担当する案件の進行具合によっては休日返上になることもあったが、基本はカレンダーどおりだった。

それがショップとなると、世間の休日こそが稼ぎどきなので、平日に設定されている店の定休日が休みになる。

結果的に敦之とは休日が合わなくなってしまった。

『ダメか？』

耳に聞こえる声からは、こちらを気遣う敦之の様子が伝わってくる。

バイトを始めてからはこんなふうに電話をするのがやっとで、なかなか会うことも顔を見ることもできなくなっていた。

それに自分が転職したせいなので、せっかくの誘いを無下《むげ》に断ることもできない。

朔也だって許されることなら敦之に会いたいのだ。

「ダメってわけじゃないけど、でもオレ、たぶん遅くなるよ？」

『それでもいい。晩飯作って待ってる』

せめて一緒に食事をしようと言われて、朔也は考えた。

「それなら別に俺の部屋じゃなくてもいいんじゃないか？　敦之も自分の家のキッチンのほうが使い慣れていていいだろうし、バイトが終わったらオレがそっちに寄ることにすれば……」

賛成してもらえるだろうと当然のように考えながら提案していたのに、途中で敦之に遮《さえぎ》られた。

『日曜も出勤だろ？』

「日曜日？　ああ、うん。まあね」

『うちに泊まるより、自分のベッドのほうがよく眠れるんじゃないのか？』

「それなら、ごはんを食べてから帰ればいい」

『食べて風呂に入って、それから帰る元気があるのか？』

「……そうだね」

確かに敦之の言うとおりだ。

いままでとは違う立ちっぱなしの仕事なうえ、勤務中はずっと気を張っているので、身体に無駄な力が入ってしまうのか、ひどく疲れる。

敦之が作ってくれる夕食を食べ、風呂で温まったら、きっと動きたくなくなるに違いない。

まさにいまも、湯上りの身体が水分を欲しているのに、どうにも億劫《おっくう》で立ち上がる踏ん切りがつかないのだから。

『自分ちのほうが楽だろう』

「……確かに、そうかも」

『決まりだな。土曜の夜に。約束だ』

念を押すように約束されては、朔也も頷《うなず》くほかにない。

「わかった。じゃあ、土曜日に」

『ああ、おやすみ』

就寝の挨拶《あいさつ》を交わして、通話は切れた。

少しばかり名残《なごり》惜しい気分でスマートフォンをテーブルの上に戻し、とりあえず水分を取ろうとようやく重い腰を上げる。

お茶のペットボトルを求めて冷蔵庫のドアを開けながら、そういえば敦之がこの部屋へ来るのは初めてだと思いついた。

すぐに見渡せる狭《せま》いワンルームの部屋は、近頃は家事をさぼっているせいで雑然としている。

「さすがにこれはダメだな」

せめて少しくらいは掃除をしておかなければと、朔也はため息をつきながらペットボトルのふたを開けた。

「ごちそうさまでした」

久しぶりに家で食べた手料理に腹を満たされて、朔也は満足しながら箸《はし》を置いた。

「アイスもあるぞ。食うか？」

「食べる」

そう答えると、敦之は頷いて、手早く重ねた食器を持って立ち上がる。

さすがに片付けくらいはしようと、朔也もあとに続こうとしたが、やんわりと止められた。

「いいから座ってろ」

そして冷凍庫から取りだしたカップのアイスクリームとスプーンを手渡され、

「ほら、デザートだ」

もう一度、座っていろと言われたら、朔也は動けなくなった。

朔也が使った茶碗も箸も敦之の手でシンクに運ばれ、あっという間にテーブルの上は綺麗《きれい》に片付けられる。

「ごめんね敦之。全部やらせてしまって」

「このくらい、べつにいい。それより早く食べないと溶けるぞ」

せっかくなのでアイスクリームを食べ始めると、敦之はコーヒーを淹《い》れて戻って来た。

「うまいか？」

「うん」

「そうか。来週も来ていいか？」

「うん。……って、えっ？」

「決まりだな。約束だ」

反射的に頷いてしまい、朔也はスプーンをアイスクリームに突き刺したまま固まる。

「……それでいいのか？」

「なにが？」

敦之は涼しい顔をしてコーヒーを飲んでいる。

「来週もスーパーに行って買い物して、ごはんを作って片づけするのか？　せっかくの休みなのに」

ずっと自炊していなかったせいで、冷蔵庫のなかはかなり淋《さみ》しいことになっていた。

今夜敦之が料理に使った食材は、ほとんど敦之が買ってきてくれたものだ。

「俺は、次はなにを食べさせようか、献立を考えるだけでも楽しいけど」

「……敦之」

「朔也は新しい職場に慣れるために、毎日頑張ってる。俺にもこのくらい協力させろ。いずれ余裕ができたら、そのときは朔也にも作ってもらうから」

「わかった。じゃあそのときまでは甘えさせてもらう」

「ああ。約束な」

敦之は嬉《うれ》しそうに目を細めた。

敦之はそうして笑っているけれど、朔也の胸は晴れなかった。

本当は無理をしているのではないだろうか。

よりを戻してからの敦之は、とにかく優しくしてくれるし、気遣《きづか》ってくれるし、なにごとも朔也の意思を確認するし、尊重してくれる。

今夜の働きは健気なくらいだ。

敦之が過去の失敗を繰り返さないように努力をしてくれているのは理解できる。

だがそもそも敦之は、そこまで自制の利《き》く性格ではなかったはずだ。

こんなふうに頑張り続けていたら、いまに疲れてしまうのではないだろうか。

「ねえ、敦之」

「うん？」

「復縁した恋人って、戻りたてのころはテンションが上がってるし、相手の好きだった部分を思いだしてるからいいけど、落ち着いて熱が冷めてきたら、同じ理由でダメになるケースが多いんだって。一般論だけど、どう思う？」

「どうって……」

敦之は、なぜいきなりそんなことを言うのだろうと、訝《いぶか》しむような顔をしている。

答えを待っていると、観念したのか敦之が口を開いた。

「一般論はどうでもいい。俺は二度と別れるつもりはないからな」

「それなら、そんなに無理はしないでよ」

「えっ？」

「同じ失敗をしない秘訣は、ダメになった理由をふたりで改善しておくことらしいよ。そういうことなら、敦之は理由を自覚してたし、反省もしてた。謝ってくれたからオレもそれを受け入れたし、オレも反省した。お互いに変わる努力をしているだろう？」

「朔也」

「オレも簡単には投げださない覚悟を決めたから。だからそんなに小さな約束をくり返して、必死につなぎ止めようとしなくてもいいんだよ」

それに気づいたのは、敦之とよりを戻して、しばらくたってからのことだった。

敦之はよく『約束』という言葉を口にしていた。

必ず次に会う予定を決めたがったり、やたらとこの先の話をしたがった。

ひとつひとつは些細《ささい》なことだったが、それも積もればそれなりの重さになるだろう。

「俺は……そんなことをしていたか」

「もしかして、自覚なかったとか？」

「完全に無意識だ」

そう言うと、敦之は恥ずかしそうに手のひらで顔を覆い、俯いてしまった。

狙っていたわけではないのだとしたら、本当に敦之は、無意識のなかで朔也をつなぎ止めようと必死になっていたのか。

敦之の想いに胸をくすぐられた朔也は、その想いに応えられるようなことはなにかないだろうかと思考をめぐらせた。

「じゃあさ、ひとつ約束をしようよ」

「……どんな？」

「オレたちが離れていた時間と同じ、三年たって、それでも変わらずに一緒にいたら、そのときはまたオレと一緒に暮らしてくれる？」

とっておきの思いつきを伝えると、敦之は驚いたように目を丸くする。

「それは、また一緒に暮らせるって、思ってもいいということか？」

朔也は敦之に向かってこくりと頷いた。

「敦之もそれを望んでくれるのなら」

「三年も待たなきゃいけないのか？」

「待ってて。そのころにはオレも、社会人として胸張って敦之の隣に立てているはずだから」

朔也は来年から学生になる身だ。同居をした成り行きで、経済面で敦之を頼るようなことは絶対にしたくない。

じっと敦之の目を見つめ返すと、強い意思が伝わったのか、敦之は長いため息をついた。

「わかった。三年たったら、絶対に一緒に暮らそう。約束だ」

ゆびきりをしようと小指を差しだされたので、朔也は素直に応じる。

そっと小指を絡《から》めると、どちらからともなく笑みがこぼれた。

子供っぽいやりとりが嬉しかったのだが、指はなぜかいつまでも解けなくて、手を押したり引いたりしているうちに、遊んでいるような空気になる。

「これだとゆびきりにならないだろ」

「切りたくないんだ。諦めろ」

笑いながらつないだ指を引っ張られ、傾いだ身体をやんわり受け止められる隙に、しっかりと唇を塞がれる。

キスの間も小指はつないだまま、ふたりは新しい約束を重ねたのだった。

あとがき

こんにちは。こんばんわ。おはようございます。真先《まさき》です。

リンクスロマンスでは十一冊目になります『約束の赤い糸』をお届けいたします。

雑誌の掲載時には『恋焦がれて揺れる夜』というタイトルでしたが、新書化にあたり加筆修正をおこなってのお目見えです。

ちなみに新しいタイトルは担当さんがつけてくださいました。『赤い糸』がポイントだそうです。

そしてまた主人公の職業がデザイナーです。

まったくの無意識だったのですが、もうこれ、恋するデザイナーのシリーズとでも思っていいでしょうか。こっそり心のなかで。

もちろん公式ではないので、大きな声では言えません。

前作のあとがきでも書いていますが、ついつい好みのパターンに走った結果なのだとしたら、もっと自分のなかのひきだしを増やさねばと思います。

それから雑誌掲載のころから室生《むろう》が不憫だという声が届いていたのですが、あまり救済してあげられませんでした。

室生には大人としての辛い部分をいろいろと背負わせてしまったせいなのですが、でもいつかは室生にも、室生だけを愛してくれる人が現れるはずです。

そのときこそ、いい人で終わらないように気合いを入れて頑張ってほしいものです。

(本編よりもあとがきから読まれる読者様にとってはネタバレな話題ですがどうぞお許しください)


それから陵《みささぎ》クミコ先生。挿絵を引き受けてくださってありがとうございました。遅れ気味の進行で申し訳ありませんでした。完成した本が手元に届くのがとても楽しみです。

今回も辛抱強く待ってくださった担当さんも、本当にありがとうございました。


この本を手に取ってくださいました皆様、ここまでおつきあいありがとうございました。

少しでも楽しんでいただけましたら幸いです。

また次の作品でもお会いできることを願っております。

真先ゆみ

初出

約束の赤い糸	2009年 小説リンクス8月号掲載「恋焦がれて揺れる夜」改稿・改題
約束を重ねて	書き下ろし

不器用なプロポーズ
ぶきようなプロポーズ

真先ゆみ
イラスト：カワイチハル
本体価格 870 円+税

中学時代からの幼馴染みで、空間デザイナーとして活躍する法隆とともにデザイン事務所を立ち上げた奏多は、仕事に没頭すると日常生活を忘れてしまう法隆を公私ともにサポートする役割を担っていた。そんなある日、精悍な容姿と才能のため、男女問わず誘われることが多いにもかかわらず、誰よりも自分を優先してくれる法隆に申し訳なさを感じた奏多が、思いきってそのことを打ち明けると「俺にはおまえ以上に大切な相手はいない」と思わぬ告白を受ける。戸惑いつつも想いを受け入れた奏多は、十年以上も友人でいた法隆から恋人として甘やかされることに恥ずかしさを覚えるものの、だんだんとその腕の中を心地よく思うようになっていき…。

リンクスロマンス大好評発売中

十年目のプロポーズ
じゅうねんめのプロポーズ

真先ゆみ
イラスト：周防佑未
本体価格870 円+税

大学生のときから恋人として付き合ってきた成秋と、三年前にデザインスタジオを立ち上げた京。無口で他人に興味のない成秋が、自分にだけ見せてくれる独占欲や無防備な表情を愛おしく思っていた京だが、ある大きな仕事がきっかけで、男の恋人である京の存在が重荷になっているのではないかと思い始める。京は成秋のためを思い距離を置こうとするが、思いがけないほどの真剣さで「俺には、お前がいない未来は考えられない」とまっすぐに告げられ——。

伴侶の心得《はんりょのこころえ》

真先ゆみ
イラスト：**一馬友巳**
本体価格 855 円+税

神社で怪我をし、動けなくなってしまった深森。彼を助けてくれたのは自らを「天狗」と名乗る男・百嵐だった。治療のため屋敷に連れてこられた深森は、百嵐のことを怪しみつつも、傷が癒えるまで滞在することになった。母に捨てられてからは人を信じず、誰にも心を許さなかった深森だが、強引ながらも心から気遣ってくれる百嵐の姿に徐々に惹かれはじめる。だが深森は、百嵐がある思惑をもって深森に近づいたことを知ってしまい…。

リンクスロマンス大好評発売中

花降る夜に愛は満ちる《はなふるよるにあいはみちる》

真先ゆみ
イラスト：**笹生コーイチ**
本体価格855 円+税

蜂蜜色の髪に碧の瞳を持つたおやかな美貌のウィスティリアは、唯一の家族だった母亡きあと、名門貴族に名を連ねる伯父の元で暮らしていた。芳しく白い花が咲きほころぶ春、国の第二王子の花嫁を決める催事が行われることになる。ウィスティリアの従妹も参加が決まっていたが、直前に失踪してしまう。代わりにウィスティリアが「姫」として城に赴くはめになるが、第三王子のグレンに男であることがばれてしまい…。

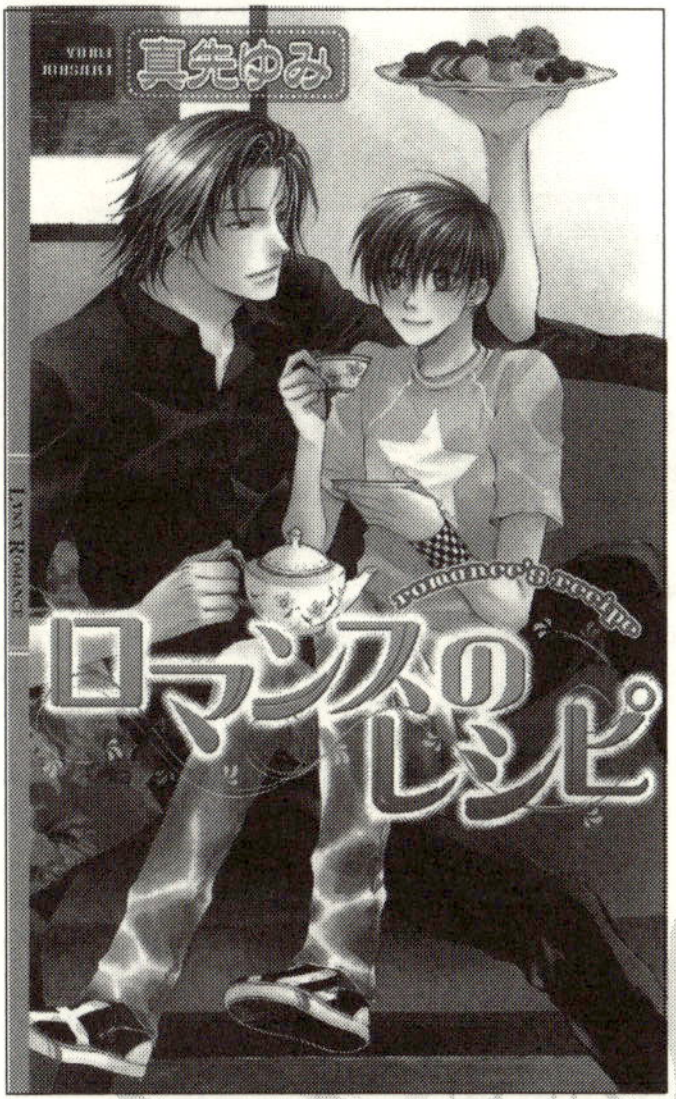

ロマンスのレシピ

真先ゆみ

イラスト：**笹生コーイチ**

本体価格 855 円+税

「お待たせしました。高校生になったから、もう雇ってくれるよね?」夏休み、有樹はありったけの勇気を抱え、ティーハウス『TIME FOR TEA』の扉を開いた。一年前にふと足を踏み入れ、無愛想な店長の織部がかいま見せた優しさに、有樹は恋をしたのだ。なんとかアルバイトにこぎつけた有樹だが、かたくなな織部との距離はなかなか縮まらなくて…。短編「花のような君が好き」も収録し、ハートフルラブ満載。

リンクスロマンス大好評発売中

お兄さんの悩みごと

おにいさんのなやみごと

真先ゆみ

イラスト：**三尾じゅん太**

本体価格855 円+税

美形作家という華やかな肩書きながら、趣味は弟のお弁当作りという至って平凡な性格の玲音は、親が離婚して以来、唯一の家族となった弟の綺羅を溺愛していた。そんなある日、玲音は弟にアプローチしてきている蜂谷という男の存在を知る。なんとかして蜂谷から弟を守ろうとする玲音だがその矢先、長年の仕事仲間であった志季に、「いい加減弟離れして、俺を見ろ」と告白され…。

LYNX ROMANCE 小説原稿募集

リンクスロマンスではオリジナル作品の原稿を随時募集いたします。

募集作品

リンクスロマンスの読者を対象にした商業誌未発表のオリジナル作品。
（商業誌未発表のオリジナル作品であれば、同人誌・サイト発表作も受付可）

募集要項

＜応募資格＞

年齢・性別・プロ・アマ問いません。

＜原稿枚数＞

４５文字×１７行（１枚）の縦書き原稿、２００枚以上２４０枚以内。
※印刷形式は自由。ただしＡ４用紙を使用のこと。
※手書き、感熱紙不可。
※原稿には必ずノンブル（通し番号）を入れてください。

＜応募上の注意＞

◆原稿の１枚目には、作品のタイトル、ペンネーム、住所、氏名、年齢、電話番号、メールアドレス、投稿（掲載）歴を添付してください。
◆２枚目には、作品のあらすじ（４００字～８００字程度）を添付してください。
◆未完の作品（続きものなど）、他誌との二重投稿作品は受付不可です。
◆原稿は返却いたしませんので、必要な方はコピー等の控えをお取りください。
◆１作品につき、ひとつの封筒でご応募ください。

＜採用のお知らせ＞

◆採用の場合のみ、原稿到着後６カ月以内に編集部よりご連絡いたします。
◆優れた作品は、リンクスロマンスより発行させていただきます。
原稿料は、当社既定の印税でのお支払いになります。
◆選考に関するお電話やメールでのお問い合わせはご遠慮ください。

宛先

〒151-0051
東京都渋谷区千駄ヶ谷４−９−７
株式会社　幻冬舎コミックス
「リンクスロマンス　小説原稿募集」係

LYNX ROMANCE

イラストレーター募集

リンクスロマンスでは、イラストレーターを随時募集いたします。

リンクスロマンスから任意の作品を選び、作品に合わせた
模写ではないオリジナルのイラスト（下記各1点以上）を描いてご応募ください。
モノクロイラストは、新書の挿絵箇所以外でも構いませんので、
好きなシーンを選んで描いてください。

1 表紙用カラーイラスト

2 モノクロイラスト（人物全身・背景の入ったもの）

3 モノクロイラスト（人物アップ）

4 モノクロイラスト（キス・Hシーン）

募集要項

＜応募資格＞

年齢・性別・プロ・アマ問いません。

＜原稿のサイズおよび形式＞

◆Ａ４またはＢ４サイズの市販の原稿用紙を使用してください。
◆データ原稿の場合は、Photoshop（Ver.5.0 以降）形式でＣＤ－Ｒに保存し、出力見本をつけてご応募ください。

＜応募上の注意＞

◆応募イラストの元としたリンクスロマンスのタイトル、あなたの住所、氏名、ペンネーム、年齢、電話番号、メールアドレス、投稿歴、受賞歴を記載した紙を添付してください（書式自由）。
◆作品返却を希望する場合は、応募封筒の表に「返却希望」と明記し、返却希望先の住所・氏名を記入して返送分の切手を貼った返信用封筒を同封してください。

＜採用のお知らせ＞

◆採用の場合のみ、６カ月以内に編集部よりご連絡いたします。
◆選考に関するお電話やメールでのお問い合わせはご遠慮ください。

宛先

〒151-0051 東京都渋谷区千駄ヶ谷４−９−７
株式会社　幻冬舎コミックス
「リンクスロマンス　イラストレーター募集」係

この本を読んでの
ご意見・ご感想を
お寄せ下さい。

〒151-0051
東京都渋谷区千駄ヶ谷4-9-7
(株)幻冬舎コミックス　リンクス編集部
「真先《まさき》ゆみ先生」係／「陵《みささぎ》クミコ先生」係

リンクス ロマンス

約束の赤い糸

2016年5月31日　第1刷発行

著者……………真先《まさき》ゆみ
発行人…………石原正康
発行元…………株式会社　幻冬舎コミックス
〒151-0051　東京都渋谷区千駄ヶ谷4-9-7
TEL 03-5411-6431（編集）
発売元…………株式会社　幻冬舎
〒151-0051　東京都渋谷区千駄ヶ谷4-9-7
TEL 03-5411-6222（営業）
振替00120-8-767643
印刷・製本所…株式会社　光邦
検印廃止

ISBN978-4-344-83721-8 C0293
Printed in Japan

幻冬舎コミックスホームページ　http://www.gentosha-comics.net